JU

ŒUVRES DE MARCEL PAGNOL
Dans cette collection :

SOUVENIRS D'ENFANCE
La Gloire de mon père.
Le Château de ma mère.
Le Temps des secrets.
Le Temps des amours.

L'EAU DES COLLINES
Jean de Florette.
Manon des sources.

Marius.
Fanny.
César.
Topaze.
Angèle.
La Femme du boulanger.
La Fille du puisatier.
Regain.
Le Schpountz.
Naïs.
Merlusse.
Jofroi.
Notes sur le rire.
Confidences.
Cinématurgie de Paris.
La Petite Fille aux yeux sombres.
Judas.
Pirouettes.
Cigalon.

ALBUM PAGNOL. Sa vie et son œuvre.
192 pages. 275 photos. Par Raymond Castans.

Les films de Marcel Pagnol sont disponibles en vidéo-cassettes éditées par la Compagnie Méditerranéenne de Films.

MARCEL PAGNOL
de l'Académie française

JUDAS

FORTUNIO

Editions de Fallois

Photographie de la couverture :
Judas : Raymond Pellegrin
Rébecca : Micheline Meritz

ISBN : 2 - 87706 - 072 - 1
ISSN : 0989 - 3512

ÉDITIONS DE FALLOIS, 22, rue La Boétie, 75008 Paris.

PRÉFACE

La carrière de cette pièce ne fut pas brillante. Pourtant Elvire Popesco l'avait montée à grands frais sur la vaste scène du Théâtre de Paris, et la troupe qui joua était remarquable.

Raymond Pellegrin incarnait un admirable Judas. Jean Hervé jouait le grand prêtre. Jean Chevrier était Ponce Pilate. Léonce Corne fit une création étonnante du vieux père de l'apôtre, et Daxely campa un centurion brutal mais sympathique. Les deux femmes étaient Suzanne Rissler, et Aya Harrarit, une brillante actrice israélienne.

Malgré une mise au point encore incertaine, la générale fut un succès, et la presse très favorable. Les premières recettes furent bonnes, mais non pas excellentes. C'est que, pendant les répétitions, des bruits avaient couru : les catholiques intransigeants affirmaient que j'avais obtenu (de la fameuse internationale juive) des sommes énormes pour réhabiliter Judas en falsifiant les Evangiles.

D'un autre côté, le Grand Rabbin n'avait pas approuvé mon ouvrage, dont je lui avais soumis le manuscrit ; il me reprochait d'avoir suivi de trop près les Evangiles, qu'il considérait comme un ouvrage « de polémique », et beaucoup de juifs, sans avoir vu la pièce, croyaient à une propagande antisémite.

Cependant, la « presse parlée » agissait, et un samedi, Hubert de Malet me téléphona : « Ce soir, on refuse du monde! »

Naturellement, je courus au théâtre. La joie régnait dans les coulisses. On faisait des pronostics. Comme un régisseur disait : « Ça fera peut-être toute la saison », il fut presque injurié pour ce « peut-être ».

Deux jours plus tard, en sortant de scène à la fin du second acte, chaleureusement applaudi par le public, Raymond Pellegrin tomba en syncope dans les bras du pompier de service.

Un grand médecin, un professeur, était par hasard dans la salle. Il examina le comédien, assez péniblement ranimé ; puis, à la consternation générale, il nous dit :

– Il faut le ramener chez lui d'urgence.

Et comme le régisseur proposait sa voiture :

– Non, dit le professeur. Il faut une ambulance.

Je demandai :

– Pourra-t-il jouer demain?

– Ce serait une grave imprudence. J'exige au moins deux semaines de repos... Nous verrons ensuite.

Roger Rudel, la doublure de Raymond, s'habilla en grande hâte, et nous permit de terminer la représentation.

La recette du lendemain fut tout naturellement pitoyable, et il fallut rembourser une partie de la location.

Cependant, Rudel se montra à la hauteur du rôle. Il faisait des progrès chaque jour, et toute la troupe, qui était maintenant rodée, le soutenait de son mieux. A la fin de la première semaine, la salle fut honnêtement garnie, et les recettes ne cessaient de monter : nous pouvions attendre le retour de notre vedette, qui se rétablissait lentement : les médecins nous promettaient sa complète guérison après une dernière semaine de soins.

Les bureaux du théâtre préparaient donc la publicité pour sa « rentrée », que nous espérions triomphale...

C'est alors qu'un soir, vers la fin du dernier acte, Rudel fut tout à coup saisi par un accès de fièvre, accompagné de déchirantes douleurs abdominales.

Héroïquement, il résista jusqu'au dernier rideau, puis s'effondra : crise d'appendicite foudroyante. Encore une ambulance, la salle de chirurgie, et l'annonce d'une indisponibilité de quinze jours.

La grande Elvire, qui n'a jamais manqué d'audace ni de courage, voulut s'obstiner : nous confiâmes le rôle à un très jeune garçon qui ne manquait ni de talent, ni de sensibilité, mais qui n'avait pas encore l'expérience de la scène. Certes, il ne fut pas ridicule, mais évidemment insuffisant.

Nous aurions pu peut-être attendre le retour de Raymond, mais toute la troupe était découragée par la rapide raréfaction du public, et d'autre part, les gens de théâtre sont sensibles à certaines superstitions : il y a des mots que l'on ne doit pas prononcer sur une scène, et un décor vert est l'abomination de la désolation, car c'est le signe absolument certain d'un échec de l'ouvrage. En réalité, il est souvent difficile d'accepter la catastrophe d'un ouvrage dramatique, et on l'explique toujours par de mystérieuses raisons.

Dans le cas de Judas, *la troupe et tout le personnel étaient prêts à croire un petit garçon de dix ans qui avait dit : « Le Bon Dieu ne veut pas qu'on joue cette pièce, et il s'est mis en colère... Il a envoyé deux Judas à l'hôpital. Si vous continuez, le troisième, il le tuera. »*

Notre échec étant ainsi expliqué sans mettre en cause l'auteur, ni les comédiens, ni la direction, nous l'acceptâmes sans rougir : on ne peut rien contre la volonté divine, il est même glorieux d'en avoir provoqué la manifestation, et d'obéir à une interdiction venue du ciel.

En réalité, condamnée par les chrétiens et par les juifs, et parfaitement indifférente aux incroyants, cette pièce ne pouvait réussir grandement. Et de plus, en la relisant, il m'a semblé que je n'avais pas suffisamment mis en lumière les raisons du personnage principal : c'est pourquoi cette version est un peu différente de la première.

Je n'ai jamais eu l'intention de réformer la théologie, et je sais bien que l'Eglise n'a nul besoin de mes avis ; mais il est vrai qu'en relisant de très près les Evangiles, j'ai constaté que ces textes sacrés furent écrits par des hommes qui n'étaient pas encore des saints.

C'est Jésus lui-même qui était de notre avis.

« Seigneur, lui dit Pierre, je donnerais ma vie pour vous. »

Jésus lui répondit :

« Tu donnerais ta vie pour moi! En vérité, en vérité je te le dis, le coq ne chantera pas avant que tu m'aies renié trois fois! » (Jean.)

D'autre part, c'est un fait qu'à l'arrivée des soldats, tous les apôtres prirent la fuite. Aucun d'eux n'est venu défendre Jésus, ni devant le sanhédrin, ni devant Ponce Pilate.

Lorsque le procurateur demanda à la foule quel condamné il devait gracier, « la foule tout entière s'écria : Fais mourir celui-ci, et relâche-nous Barrabas ». (Luc, 23.)

Les apôtres n'étaient donc pas dans cette foule

qu'une intervention passionnée eût peut-être fait changer d'avis.

Enfin, il y a l'affreuse trahison de Pierre qui renia trois fois son maître « en faisant des imprécations et sous la foi du serment. » (Marc, 14.)

J'ai entendu de beaux sermons sur « l'humanité » des apôtres, que leurs fautes et leurs faiblesses rapprochent de nous. Mais on peut en conclure que leur témoignage n'est pas toujours « parole d'Evangile » et qu'il peut être apprécié en toute bonne foi, sans commettre un sacrilège.

Le personnage de Judas, c'est celui du traître dans la divine tragédie de la Révélation, dont le dernier acte est la Passion. Il est considéré depuis des siècles comme le plus grand criminel de tous les temps.

En réalité, que savons-nous de lui?

Les Evangiles n'en disent presque rien jusqu'au souper de Béthanie.

Ce qui paraît certain, c'est qu'il était jeune, qu'il était beau, qu'il avait une famille, et que son père s'appelait Simon. On croit aussi qu'il était potier.

C'est Jésus lui-même qui le choisit pour être l'un des douze apôtres, et qui lui confia la bourse de la communauté : c'est-à-dire que Judas fut l'intendant de la petite troupe de vagabonds, et le premier serviteur du Messie.

Du point de vue spirituel, il reçut les mêmes pouvoirs que ses frères. Il enseigna les foules, il donna le baptême, chassa les démons, guérit des malades et suivit le Maître dans ses prédications errantes, dans les villes, les villages, à travers les montagnes et les déserts.

Pourtant, c'est un fait historique qu'il conduisit les soldats jusqu'au campement de son maître, qu'il le dénonça par un baiser, et qu'il reçut, pour prix de ses services, trente deniers.

Puis, après la réussite de sa trahison, il jette le prix du sang, et va se pendre.

Du point de vue policier, des spécialistes (dont un juge d'instruction) m'ont dit : « C'est une affaire qui ne tient pas debout, et il doit y avoir autre chose. »

Le premier mystère impénétrable, c'est le choix de Judas par Jésus.

Ainsi, le Christ de bonté et de pardon, venu sur terre pour sauver toutes les âmes, choisit Judas, qui sera damné par ce choix. Pour notre faible raison, cette injustice est incompréhensible.

La première accusation formelle contre Judas, c'est saint Jean qui la prononce, dans le récit du souper de Béthanie, chez Marthe et Marie.

« Là, on lui fit un souper, et Marthe servait. Marie, ayant pris une livre d'un parfum de nard pur très précieux, en oignit les pieds de Jésus, et les essuya avec ses cheveux... Alors un de ses disciples, Judas l'Iscariote, celui qui devait le trahir, dit : " Pourquoi n'a-t-on pas vendu ce parfum trois cents deniers, pour les donner aux pauvres? " Il dit cela, non qu'il se souciât des pauvres, mais parce qu'il était voleur, et qu'ayant la bourse, il dérobait ce qu'on y mettait. » (Jean, 12.) Voilà une accusation catégorique. Mais quelle serait sa valeur juridique?

Devant un tribunal, aucune : il n'y a là qu'une affirmation, une interprétation tendancieuse d'une protestation qui nous semble toute naturelle. Judas est le comptable, et en somme le responsable de la vie matérielle de la troupe. Il lui faut tous les jours nourrir treize personnes, auxquelles s'ajoutaient souvent des pauvres.

Il serait tout à fait normal qu'il eût blâmé ce gaspillage de trois cents deniers.

Mais fut-il le seul à protester? Jean nous l'affirme. Cependant, que disent les trois autres Evangélistes? Luc ne parle pas de cette scène : c'est donc qu'elle ne lui a pas semblé si importante.

Quant à la déposition de saint Matthieu, la voici : « Elle répandit le parfum sur sa tête. Ce que voyant, les disciples dirent avec indignation : " A quoi bon cette perte? On aurait pu vendre ce parfum très cher et en donner le prix aux pauvres. " » (Matthieu, 26.)

Enfin, voici le témoignage de saint Marc : « Comme Jésus était à Béthanie, dans la maison de Simon le Lépreux, une femme entra... Elle tenait un vase d'albâtre plein d'un parfum de nard pur, d'un grand prix, et, ayant brisé le vase, elle répandit le parfum sur sa tête. Plusieurs de ceux qui étaient là en témoignaient entre eux leur mécontentement : " Pourquoi perdre ainsi ce parfum? On aurait pu le vendre plus de trois cents deniers et les donner aux pauvres... " Et ils se fâchaient contre elle. » (Marc, 14.)

Ainsi donc, selon saint Marc, il s'agit de « plusieurs de ceux qui étaient là », qui « témoignaient entre eux leur mécontentement », et Judas n'est même pas nommé.

Selon saint Matthieu, ce sont « les disciples » qui protestèrent « avec indignation ».

Il semble donc reconnaître qu'il a protesté lui-même, ainsi que Marc, et peut-être Jean.

Devant un tribunal, les juges auraient posé des questions au petit saint Jean, qui n'était pas encore un saint :

– L'avez-vous vu voler dans la bourse? Pourquoi n'avez-vous pas averti vos frères? Pourquoi êtes-vous en contradiction avec deux d'entre eux? Savez-vous bien que l'accusé pourrait faire une demande reconven-

tionnelle contre vous, et vous faire condamner pour faux témoignage?

Ici, mon ami l'Abbé Général des Prémontrés va me parler sévèrement. Il dira : « Comment osez-vous accuser saint Jean d'un faux témoignage? C'est insensé et sacrilège. »

Je lui répondrai modestement :

– Révérendissime, mon audace se borne à croire ce que disent deux apôtres plutôt que le témoignage d'un seul. Je n'accuse pas de mensonge le beau petit saint Jean : il a certainement entendu la protestation de Judas : mais il a omis de nous signaler celle des autres.

Cet épisode du flacon de parfum est d'une très grande importance, parce qu'il nous apporte un très précieux renseignement : il nous permet d'estimer la valeur du denier à cette époque.

Marie n'était ni une reine, ni une princesse. Elle n'a pas d'esclave ni de serviteur, puisque sa sœur Marthe fait le ménage. Pour ces deux femmes et pour les apôtres ce nard est « très précieux ». Il me semble qu'aujourd'hui un flacon de parfum de vingt mille anciens francs paraîtrait « très précieux » à des missionnaires déjeunant chez une femme qui n'a pas de domestique, ce qui mettrait le denier à près de soixante-dix francs. En ce cas, Judas aurait vendu son maître pour le dixième du prix de ce flacon, c'est-à-dire pour deux mille francs anciens, parce qu'il aimait l'argent! C'est absurde.

Tout au long des quatre Evangiles, nous avons vu des foules suivre Jésus, et reconnaître en lui un grand prophète, qui accomplissait sous leurs yeux des miracles. Il est certain que Judas faisait la quête dans cette foule, et que les parents et amis des miraculés se montraient généreux quand ils le pouvaient. Il est donc également certain que ce n'est pas pour trente deniers que Judas a vendu son maître, car il a toujours eu dans la bourse commune des sommes vingt fois supérieures. Sans trahir Jésus, il n'avait qu'à s'enfuir avec la caisse, comme font les mauvais comptables.

Pourquoi donc l'a-t-il livré?

Pour accomplir les Ecritures. Il a demandé trente deniers, parce que c'était le prix fixé par les prophètes.

D'autre part, dans le cas qui nous occupe, je n'ai pas prétendu résoudre le problème de la prédestination qui, pour notre faible raison, est insoluble : j'ai soutenu que Judas s'est cru prédestiné, *et qu'il avait de bonnes raisons de le croire, comme de savants théologiens l'ont cru.*

En effet, dans la traduction publiée, sur l'ordre du roi, par les Presses de l'Université d'Oxford, nous trouvons ceci, au soir de la Cène :

« Jesus said : " Verity I say unto you, one of you, which eateth with me, shall betray be. " » (Saint Marc, 14.)

« Shall », à la troisième personne du futur, exprime une obligation, *ou un* devoir, *ou une* nécessité.

Dans l'Evangile de saint Jean (13) : « When Jesus had thus said, he was troubled in spirit and said : " Verily, verily I say unto you that one of you shall betray me. " »

« Quand Jésus eut ainsi parlé, il fut troublé, et dit : " En vérité, en vérité, je vous le dis, il faut que l'un de vous me trahisse. " »

Nous retrouverons encore ce shall *dans saint Matthieu : « As they did eat, he said : " Verily, I say unto you, that one of you* shall *betray me. He that dippeth his hand with me in the dish, the same* shall *betray me. " »*

« Pendant qu'ils mangeaient, il dit : " En vérité, je

vous le dis, il faut que l'un de vous me trahisse. Celui qui met sa main au plat en même temps que moi, celui-là est chargé *de me trahir. " »*

Et dans saint Luc :

« And they began to enquire among themselves which of them it was that should *do this thing. »*

« Et ils commencèrent à se demander l'un à l'autre quel était celui d'entre eux qui en était chargé. »

C'est à cause de la précision des prophéties, confirmées par les paroles mêmes de Jésus, qui a plusieurs fois annoncé sa mort prochaine et nécessaire, que Judas a cru à sa propre prédestination, et qu'il a livré son maître ; puis, il l'a suivi dans la mort.

C'est ce personnage que j'ai mis en scène, avec beaucoup de soin et d'amitié, car s'il a cru obéir aux ordres de Dieu et de Jésus lui-même, il fut sans doute le premier martyr.

Je ne puis mieux conclure cette préface qu'en faisant appel à sainte Gertrude.

C'était une abbesse de grand renom, qui mourut en 1334 et qui fut canonisée. Durant sa vie, elle entendit souvent la parole de Jésus lui-même, et elle publia ses entretiens mystiques sous le titre « Révélations ». Voici la réponse lumineuse que lui fit un jour Notre Seigneur :

« De Salomon ni de Judas je ne te dirai ce que j'ai fait, pour qu'on n'abuse pas de ma miséricorde. »

JUDAS

Pièce en cinq actes

Représentée pour la première fois à Paris le Jeudi 6 octobre 1955 sur la scène du Théâtre de Paris.

« De Salomon ni de Judas je ne te dirai ce que j'ai fait, pour qu'on n'abuse pas de ma miséricorde. »

(Entretiens de sainte Gertrude avec le Christ, XIVe siècle.

PERSONNAGES

JUDAS	MM.	*Raymond Pellegrin*
LE CENTURION . . .		*Marcel Daxely*
LE DÉCURION		*Roland Bailly*
PILATE		*Jean Chevrier*
PHOCAS		*Jean Servais*
CAIPHE		*Jean Hervé*
MARPHURIUS		*Michel Nastorg*
SIMON		*Léonce Corne*
HÉRODE		*Jacques Dannoville*
OZIAS		*Michel Moinot*
ZABULON		*Jean Ludovic*
THADÉE		*J.-P. Moncorbier*
BARTHIMÉE		*Mihalesco*
L'ÉTRANGER		*Jean Servais*
RUBEN		*Claude Brasseur*
JACOB		*Serge Frantzi*
L'ESCLAVE		*Jean Ludovic*
L'AVEUGLE		*P. Gérald*
RÉBECCA	Mmes	*Micheline Meritz*
LA MÈRE		*Suzanne Rissler*
CLAUDIA		*France Delahalle*

et

LES PRÊTRES, LES SOLDATS
LES APÔTRES, LES SPECTATEURS

ACTE PREMIER

SCÈNE PREMIÈRE

La salle commune dans une ferme, près de Jérusalem, en l'an 32 de l'ère chrétienne. C'est le jour de la Pâque. Il est onze heures du matin.

Un très petit feu dans une grande cheminée. Des jarres dans les coins.

Devant la cheminée, une grande table, épaisse et lourde. Des sièges en bois, des bancs. Des coffres le long des murs. Sur la table une brassée d'herbes devant un vieillard qui est assis sur un banc. Assis au bord de la table, un enfant de quatre ans le regarde et l'écoute gravement.

LE VIEILLARD *(il trie et assortit les herbes)*

Que le nom de l'Eternel soit béni!

L'ENFANT

Le nom de l'Eternel soit béni!

LE VIEILLARD

Ça, c'est le laurier sacré, plante de gloire et de pureté. Nous le mettrons dans le ventre de l'agneau. Respire son odeur, elle est forte, et un peu amère... Tandis que celle-ci est plus douce : c'est le basilic. Ça pousse à l'ombre, au bord des ruisseaux. Il a un parfum plus délicat, plus...

La porte s'ouvre brusquement. Une jeune fille entre, hors d'haleine. Elle est belle, elle a vingt ans, elle s'appelle Rébecca. On entend au loin des chiens qui aboient.

RÉBECCA *(terrorisée)*

Les Romains!

LE VIEILLARD *(il pâlit)*

Où sont-ils?

RÉBECCA

Ils sont venus sur des chameaux... Ils ont cerné la ferme de mon père.

LE VIEILLARD

Pourquoi?

RÉBECCA

Ils croyaient que c'était la tienne... Ils ont fouillé l'étable et la maison. Ils ont des chiens...

LE VIEILLARD

Que cherchent-ils?

RÉBECCA

Ils cherchent ton fils, notre bien-aimé... Ils vont venir, prépare-toi...

LE VIEILLARD *(accablé)*

Il n'y a rien à préparer, que notre patience... Ainsi, même le jour de la Pâque... Rien ne nous sera épargné! *(Un temps. Il se résigne tout à coup.)* Béni soit le nom de l'Eternel! Rien n'arrive sans sa permission!

La porte s'ouvre, et deux jeunes hommes robustes paraissent. Ce sont des paysans juifs. Ils sont très émus. Les aboiements se sont rapprochés.

OZIAS

Père, les Romains avancent dans la vigne...

ZABULON

Que faut-il faire?

LE VIEILLARD *(calme)*

Rien. Emporte ton fils... S'ils me battent devant lui, l'enfant est trop jeune pour comprendre : il douterait peut-être de la bonté de l'Eternel... *(Il prend l'enfant dans ses bras.)* Viens, cher petit garçon, fils de mon fils, espoir de ma race... Va dans la vigne avec ton père... Tout à l'heure, nous finirons les herbes sacrées. Maintenant, il faut que je reçoive des amis, qui sont venus de bien loin pour m'apporter des nouvelles... C'est la volonté de l'Eternel. *(L'un des jeunes gens emporte l'enfant. Le vieillard parle à l'autre.)* Ils cherchent votre frère aîné. Cachez l'enfant, et travaillez.

ZABULON

Père, s'ils touchent un cheveu de ta tête...

LE VIEILLARD

Sois raisonnable, Zabulon... Les temps ne sont pas venus... Un jour le Messie paraîtra, et alors tout sera payé... Va soigner la vigne... *(Ils sortent. Le vieillard retient Rébecca.)* Toi, reste ici, puisqu'ils vont nous parler de lui. *(Un silence. On entend aboyer les molosses. Le vieillard frissonne.)* Est-ce qu'ils ont des fouets?

RÉBECCA

Ils ont des fouets pour les chiens.

LE VIEILLARD

Les fouets des Romains, on ne sait jamais pour qui c'est. *(Un silence. Les aboiements se rapprochent, le vieillard prie à voix basse avec ferveur.)* « Le Seigneur est mon roc. Bien que je marche dans la vallée, à l'ombre de la mort, je ne crains aucun mal, car tu es avec moi! »

On entend les pas d'une troupe. Une voix puissante crie : « Halte! » Puis la porte s'ouvre. Un centurion paraît. Il est immense. Un décurion presque aussi grand le suit. Le centurion s'arrête un instant sur la porte. Il inspecte les lieux, il fait claquer son fouet. Puis il s'adresse au vieillard.

SCÈNE II

LE CENTURION

Tu es bien Simon, fils de Chose, et petit-fils de Machin?

LE VIEILLARD

Je suis Simon, fils de Zadoc, qui était le fils d'Hananias, le vigneron. Pour te servir, seigneur.

LE CENTURION *(il se tourne vers le décurion)*

C'est bien ça?

LE DÉCURION

Oui, c'est ça!

LE CENTURION

Parfait. Laissez les chiens dehors, pour surveiller les alentours, qu'il ne faut pas confondre avec les environs. *(Il rit de bon cœur.)* Fais entrer six hommes et procédons à l'interrogatoire.

Le décurion sort.

SIMON *(tremblant)*

Seigneur, est-ce que c'est une affaire très grave?

LE CENTURION *(il montre un insigne d'or sur sa cuirasse)*

Connais-tu ça?

SIMON *(tremblant)*

C'est un très beau bijou. On dirait de l'or pur.

LE CENTURION *(méprisant)*

Et tu ne sais pas ce que ça représente? Evidemment. Eh bien, si tu n'étais pas un péquenot sauvage, tu saurais que c'est l'insigne de la garde du palais. Oui. C'est moi qui commande la garde personnelle de notre procurateur bien-aimé Ponce Pilate. Et, s'il m'a envoyé, moi, dans ce désert à six lieues de Jérusalem, c'est que l'affaire est importante. Très importante. *(Six hommes en armes entrent au pas cadencé.)* Halte! Demi-tour à droite, droite! Repos! *(La manœuvre exécutée, il va s'asseoir sur la table.)* Approche-toi! *(Simon s'approche.)* Pas d'histoires, pas de mensonges, pas de pleurnicheries. C'est demander beaucoup à un Juif, mais enfin, c'est comme ça. Compris?

SIMON

Oui, seigneur.

LE CENTURION

Où est ton fils?

SIMON

Seigneur, tu as vu de tes yeux : mes fils sont à la vigne, et mes filles gardent les brebis.

LE CENTURION *(véhément)*

Ne commençons pas! Je ne te parle pas de tes filles. Elles nous intéresseraient peut-être si on avait le temps de s'en occuper. Mais aujourd'hui, ce n'est pas le moment. Celui que nous cherchons, c'est ton fils aîné.

LE DÉCURION

Vingt-six ans, cinq pieds deux pouces, yeux noirs, teint sombre, cheveux frisés, collier de barbe.

SIMON

Il n'est pas ici, seigneur.

RÉBECCA *(à voix basse)*

Il y a bien longtemps qu'il est parti.

LE CENTURION *(sarcastique)*

Qui a parlé à cette punaise?

RÉBECCA *(humble)*

Seigneur, j'ai cru qu'il était permis de te dire la vérité.

LE CENTURION *(il l'examine)*

Elle n'est pas mal.

LE DÉCURION *(égrillard)*

Elle est même bien.

LE CENTURION *(à Simon)*

C'est ta fille?

SIMON

Non, seigneur. C'est la fille de Thadée, le chamelier, mon voisin... Elle était la promise de celui que tu cherches, et que tu ne trouveras pas ici.

LE CENTURION

Que tu dis! Nous allons fouiller la maison. Je te préviens que, si nous trouvons le suspect, ça va barder pour ton matricule. Réfléchis encore une fois.

SIMON

Il n'est pas ici, seigneur.

LE CENTURION *(à Rébecca)*

Et toi, tu dis la même chose?

RÉBECCA

Il est parti depuis trois ans.

LE CENTURION *(soupçonneux)*

Et il n'est jamais revenu?

SIMON

Jamais.

LE CENTURION *(à Rébecca)*

Même pas cette nuit?

RÉBECCA

Non, seigneur, même pas cette nuit.

LE CENTURION *(à Simon)*

Je le souhaite pour toi. *(Un temps.)* Pour fouiller à fond une maison, il y a deux manières : ou bien on va partout avec les chiens, et ça prend du temps ; ou alors, quand on est pressé, on y fout le feu, on sort, et on regarde.

Il prend un tison dans la cheminée.

SIMON *(désespéré)*

Seigneur, cette ferme n'est pas bien grande, il ne faut pas beaucoup de temps pour en faire le tour... Seigneur, tu ne brûleras pas la richesse du pauvre...

LE CENTURION *(il s'adoucit)*

Bien. Tu es averti, si on trouve le client, on brûle la baraque et on embarque ce qui restera de la famille. *(Aux soldats.)* Faites la perquisition.

LE DÉCURION *(il montre des portes)*

Deux hommes ici! Deux hommes là! Vous, au grenier. *(Sur la porte.)* Deux hommes sur le toit, et mettez les chiens aux ouvertures!

Le décurion ouvre les coffres et inspecte le pressoir.

SIMON

Seigneur, ils ne vont rien casser?

On entend dans le grenier un bruit de poterie brisée.

LE CENTURION

La discipline l'interdit.

Pendant la scène suivante, on entendra des pas dans la pièce voisine, puis dans le grenier. De temps à autre, on verra le visage inquiet des fils paraître au bord de la fenêtre, ou de la porte entrebâillée. Le centurion s'est assis sur la table.

LE CENTURION

Dis-moi : tu m'as parlé de vignes, tout à l'heure, et il me semble que j'en ai vu là, dehors...

SIMON

Oui, seigneur... Et il y en a trente mille pieds... Nous en remplaçons chaque année quelques-uns... Mais il en reste encore du temps d'Eliezer, père d'Hananias. Nous les avons soignés de père en fils, avec amour!

LE CENTURION *(spirituel)*

J'ai entendu dire – quoique je sois un barbare, et pour tout dire, un soldat romain –, j'ai entendu dire qu'en écrasant les fruits de ces arbustes, on peut en tirer une liqueur chaleureuse, qui s'appelle, je crois, du vin... As-tu jamais essayé d'en faire?

Il rit de cette excellente plaisanterie.

SIMON

Mais j'en fais chaque année, seigneur... Et justement...

LE CENTURION *(menaçant)*

Et justement, quand tu reçois un centurion, tu n'as même pas l'idée de lui en offrir?

SIMON

Pardonne-moi, seigneur... Je n'osais pas... *(Rébecca s'est élancée. Elle prépare une coupe. Elle la remplit.)* J'espère que tu l'aimeras, seigneur... C'est moi qui l'ai fait à la façon de mon grand-père. C'est un grand secret de famille. *(Le centurion se gargarise et sourit béatement.)* C'est vrai qu'avec des vignes comme les miennes... Ce sont les plus belles de toute la Judée... Grâce à la bonté de l'Eternel.

LE CENTURION *(philosophe)*

Il a dû te faire ce cadeau pour te consoler de la gueule que tu as.

SIMON

Ça prouve sa justice, seigneur.

LE CENTURION *(qui fait claquer sa langue)*

Il est fameux!

SIMON

C'est celui que je préparais pour la Pâque de ce soir... Tu sais que c'est une grande fête... de notre religion.

LE CENTURION

Oui, c'est le jour des grandes simagrées... Quoique avec vous ça n'arrête jamais. Il est fameux. *(Rébecca lui verse une nouvelle rasade. Il va s'adoucir peu à peu.)* Où est ta femme? Elle est morte?

SIMON

Oh non, seigneur! La bonté de l'Eternel m'a laissé la mère de mes enfants...

LE CENTURION

Alors, où est-elle?

SIMON

Avec ma sœur, à la ferme de la petite, parce que là-bas ils ont un four pour cuire le pain de la Pâque. Tu as dû les voir.

LE CENTURION *(au décurion)*

Ça doit être les deux vieilles qui pétrissaient des saletés dans une tinette.

LE DÉCURION

On ne pourrait pas dire laquelle est la plus laide...

SIMON *(doucement)*

Moi-même, seigneur, je n'ai jamais pu savoir laquelle était la plus jolie...

LE CENTURION *(il rit de grand cœur)*

C'est vrai que, pour le bouc, ce qu'il y a de plus beau, c'est la chèvre.

SIMON *(hypocrite)*

Telle est la volonté de Dieu, seigneur.

On entend aboyer un chien.

LE DÉCURION

Ça y est!...

LE CENTURION *(il se lève, et prend Simon à la gorge)*

Tu l'avais caché?

SIMON *(épouvanté)*

Oh non, seigneur... Ils attaquent les rats du grenier... Il y en a d'énormes...

On entend un terrible grognement de chien, suivi du cri aigu d'un rat.

LE DÉCURION

Celui-ci ne doit pas être mal.

SIMON

S'ils pouvaient m'en débarrasser... Ce serait un grand bienfait, et je t'en serais humblement reconnaissant...

Le centurion fait quelques pas. On entend des bruits dans le grenier, au-dehors, des aboiements. Le centurion s'approche de Rébecca, l'examine et parle sur le ton d'un maquignon.

LE CENTURION

Elle n'est pas mal, mais elle est un peu basse de fesses. *(Simon exprime qu'il n'y peut rien.)* Si ton fils est court sur pattes comme je l'imagine, ça fera un couple bien assorti.

SIMON

Seigneur, mon fils était un garçon très beau.

LE CENTURION *(il rit)*

Ton fils?

SIMON

Oui, seigneur.

LE CENTURION *(à Rébecca)*

Son fils est beau?

RÉBECCA

Oui, seigneur. Et il a de longues jambes.

LE CENTURION

C'est une très bonne chose pour lui, car, d'ici peu, il aura l'occasion de s'en servir. Et ensuite? Pourquoi est-il parti, il y a trois ans, sur ses longues jambes?

SIMON

Parce qu'il était trop bon, trop généreux...

LE CENTURION

Et comment cette générosité merveilleuse l'a-t-elle conduit à vous quitter?

SIMON

J'ai huit enfants, et notre héritage n'est pas bien grand : il a voulu augmenter la part de ses frères en abandonnant la sienne. Il avait vu travailler un potier et il s'était amusé à faire des vases d'argile...

RÉBECCA

Voilà le premier qu'il a fait. Il l'a fait pour moi.

Elle apporte un gobelet grossier.

LE CENTURION *(il le prend et l'examine)*

Il n'est pas bien rond.

RÉBECCA *(des larmes montent à ses yeux)*

On voit la marque de ses doigts.

LE CENTURION

Ça l'arrondit pas. Et après?

SIMON

Alors, il a voulu que je le mette en apprentissage chez Zaccharias, fils de Bénech, près de Jérusalem ;

et il a vite commencé à gagner de l'argent. Presque chaque mois, il nous apportait plus de cinquante deniers et Rébecca les mettait de côté...

LE CENTURION

Combien en tout?

RÉBECCA

J'en ai quatre cent trente... C'est l'argent pour notre mariage.

LE CENTURION *(consolant)*

Si on le crucifie, ça pourra servir pour ses funérailles. C'est ça, la vie. Quand on met de l'argent de côté, on ne sait jamais bien pourquoi... *(A Simon.)* Et ensuite?

SIMON

Et alors, à la ville, il a eu des fréquentations qui ne lui ont pas fait du bien.

LE CENTURION

Des voyous?

SIMON

Non, des savants!...

LE DÉCURION *(inquiet)*

Hou là là!

SIMON

Ils lui ont appris à lire, puis à écrire.

LE CENTURION *(inquiet)*

Hé! hé!

SIMON

Oui, il sait écrire. Et puis, le soir, il allait parler avec eux... Ils lui ont rempli la tête d'idées...

LE CENTURION *(policier)*

Des idées subversives?

SIMON

Peut-être bien. Ils parlaient du peuple, de la religion, de l'avenir. *(Le décurion siffle.)* La dernière fois que nous l'avons vu, il parlait aussi bien et aussi vite qu'un rabbi... Et enfin, de fil en aiguille, il a rencontré un prophète : ça lui a fait comme un coup de foudre... Il n'est même pas revenu jusqu'à la maison de son père... Il m'a fait dire par des bergers qu'il partait avec l'autre pour porter aux hommes la Bonne Nouvelle.

LE CENTURION *(soupçonneux)*

Quelle nouvelle?

SIMON

Je ne sais pas... Sur le moment, j'ai pensé qu'il était tombé sur une coquine de la ville et qu'il inventait cette histoire pour ne plus apporter d'argent...

RÉBECCA

Ça, moi, je ne l'ai jamais cru.

SIMON

Et elle avait raison... Car, malheureusement, il ne mentait pas : il avait suivi ce prophète avec tout son cœur et toute sa foi... Et d'après le peu que je sais, je crois qu'il est toujours avec lui.

LE CENTURION

En tout cas, hier, il y était encore. On nous l'a signalé dans la région... Oui, dans la campagne de Jérusalem. Alors, par une déduction policière, on a pensé que peut-être ton fils viendrait faire la Pâque chez toi...

RÉBECCA

Il était près d'ici, et il n'est pas venu!

SIMON

Et certainement il ne viendra pas. Nous ne sommes plus rien pour lui... *(Les chiens aboient. Rébecca pleure.)* Est-ce que tu pourrais me dire, seigneur, si mon enfant se porte bien?

LE CENTURION

Ça n'est pas impossible. Mais ça risque de ne pas durer longtemps.

RÉBECCA *(elle se jette à genoux)*

Seigneur, vous n'allez pas le crucifier?

LE CENTURION *(il la regarde un instant, puis paraît s'humaniser)*

Pleure pas, bichette. C'est pas encore fait. Dans le fond, ce n'est pas lui qui nous intéresse. C'est un blond, barbu, plutôt maigre, qui parle tout le temps. Attends : un nom comme Nésus.

RÉBECCA

Jésus.

LE CENTURION *il tire de sa ceinture un carré d'écorce et lit)*

C'est ça, Jésus, fils de Joseph. Profession : charpentier. Qu'il dit! Parce qu'il ne doit pas avoir beaucoup d'ampoules. A la langue peut-être, à force de parler! D'ailleurs, les Juifs en général, ça discute le coup, mais ceux de Galilée, c'est les champions, ils disent trois mots à la fois. Et le... Nésus, ça doit être le plus fort. D'après ce que l'on raconte au palais, si tu commences à l'écouter parler, tu es cuit, parce que c'est le roi de l'embrouille. C'est sûrement le prophète de ton fils.

SIMON

Oui! Peut-être bien, ça m'en a tout l'air.

LE CENTURION

C'est celui-là qu'on doit coffrer, parce qu'il est le chef de la bande.

SIMON

Tu parles de bande comme si c'étaient des brigands. *(Plein d'angoisse.)* Seigneur, est-ce qu'ils ont volé? Est-ce qu'ils ont tué?

LE CENTURION

Je ne crois pas. Mais tout de même l'affaire est importante! *(Il montre son insigne.)* Pour le détail, je puis te dire qu'ils tiennent des propos subversifs et qu'ils causent des rassemblements contraires à l'ordre public. Bref, ils font du scandale!

SIMON

Du scandale! Mon fils aîné!

LE CENTURION

Tu sais tout de même ce qui s'est passé dans la cour du Temple de Jérusalem?

SIMON *(effaré)*

Dans la cour du Temple? Non, seigneur. Ici, nous ne savons rien...

LE CENTURION

Ils y sont allés tous en bande. Ils ont bousculé les marchands, ils ont renversé les étalages et, finalement, ils ont foutu sur la gueule à tout le monde.

SIMON

Et mon fils était avec eux?

LE CENTURION

Probable! Ensuite, ils sont partis en province, pour faire leurs tours et leurs boniments. L'autorité a fermé les yeux. Mais, dimanche, ils sont encore revenus...

RÉBECCA

Dimanche, ils étaient à Jérusalem?

LE CENTURION

Oui, et ils y étaient bien! Ils ont fait toute une mascarade. Le charpentier était sur un âne. Les autres portaient des palmes pour chasser les mouches. Et tout ça gueulait et annonçait la destruction de la ville et le chambardement du Temple.

SIMON

Du Temple?

LE CENTURION

Eh oui, du Temple! Naturellement, toute la racaille s'est mise à les suivre... Résultat : plainte des prêtres, ordre d'arrestation, et me voilà.

SIMON

Les prêtres du Temple sont vraiment allés se plaindre?

LE CENTURION

C'est les plus enragés contre eux. Ils disent que ce sont des sacrilèges.

SIMON

Mon premier-né, un sacrilège! Ce serait plus terrible que tout!

LE CENTURION *(il a trop bu)*

Il ne faut pas trop te frapper pour ça, parce que ça serait le moins grave. Nous, qu'il soit sacrilège, on s'en fout complètement.

SIMON

Mais si le Temple le condamne?

LE CENTURION

Ça sera une condamnation morale, parce qu'ils n'ont plus le droit de juger.

SIMON

Oui, mais moi, j'ai le droit de juger mon fils.

LE CENTURION

Alors tu crois que, s'il a parlé contre cette religion, il a commis un crime?

SIMON

Oui, seigneur. Le plus grand de tous.

LE CENTURION

Simon, fils de Machin, tu es un fanatique. Et le plus malheureux, c'est que tu es un fanatique d'une religion idiote. Entre nous, cette histoire du mont Sinaï, où votre Dieu est venu voir Moïse, pour lui dire que vous êtes le premier peuple de la terre, et qu'il ne faut pas manger de cochon, ça fait pitié! Primo, le cochon est une bête admirable, qui grossit toute seule sans dire un seul mot, et qui fabrique des jambons et du boudin. Un peuple qui crève de faim et qui refuse de manger du boudin, ce n'est pas un peuple civilisé. Secundo, si vous étiez le premier peuple de la terre, c'est toi qui porterais cette cuirasse, et moi qui serrerais les fesses, aussi fort qu'un pressoir d'huile, comme tu fais en ce moment. Et maintenant le mont Sinaï...

LE DÉCURION

Oui, parlons-en un peu du mont Sinaï...

LE CENTURION

J'y suis monté, moi, sur le mont Sinaï. Pour mon plaisir : en manœuvres. C'est une colline pelée, minable. Quatre brins d'herbe qui se courent après, un arbre mort, un corbeau maigre...

LE DÉCURION

Deux corbeaux. Moi, j'en ai vu deux.

LE CENTURION

Ça devait être un dimanche! Et puis dire que votre

Dieu est apparu dans un coup de tonnerre, ça c'est le comble du culot.

SIMON

Pourquoi, seigneur?

LE CENTURION

Parce que tout le monde sait bien que le tonnerre, c'est Jupiter! Et il faut être un abruti, fils d'abrutis, pour croire que Jupiter est descendu sur une colline jaunâtre pour y faire la conversation avec un Juif. C'est tellement ridicule qu'il n'y a même pas de quoi se fâcher.

SIMON

Je suis bien content, seigneur, que tu ne te fâches pas.

LE CENTURION

Tout ça pour te dire que tu vis dans l'erreur et la superstition.

SIMON

Alors, c'est que Dieu l'a voulu, seigneur.

LE CENTURION

Et puis, qu'est-ce que c'est qu'une religion sans Bacchus et sans Vénus? C'est une religion triste. Une invention de sauvages découragés. Un jour, j'étais de garde près du Temple, et j'ai entendu les cérémonies, les chants, les musiques : eh bien, moi, ça m'a fait mauvaise impression, ça m'a foutu le cafard... *(A lui-même.)* Je me demande pourquoi j'ai choisi cette garnison.

SIMON

Eh oui! Pourquoi?

LE DÉCURION

Parce qu'on touche double solde.

LE CENTURION

En Gaule, aussi, on touche double solde! Et là-bas, à ce qu'il paraît qu'ils ont des filles superbes, et même des blondes! Tandis qu'ici, pour les blondes, on peut toujours se l'accrocher... *(Il montre Rébecca.)* Rien que des pruneaux comme celle-là. La vérité, c'est qu'un ami m'avait parlé des chameaux. Il m'avait raconté un chameau. Ça m'intriguait. La bosse, et puis l'estomac double... J'ai voulu voir des chameaux. Eh bien, rappelle-toi que j'en ai vu, et plus que ma part. Et encore, de les voir, c'est rien. Mais c'est quand il faut monter dessus, et que ça te balance pendant des heures...

A ce moment, des soldats entrent, ils tiennent en laisse des molosses et ils mangent des grappes de raisin.

LE DÉCURION

Personne?

LE SOLDAT

Personne.

LE CENTURION

Bien.

SIMON

Mes raisins! Mes derniers raisins d'hiver!

LE SOLDAT

On les a trouvés au grenier.

LE CENTURION *(à Simon)*

C'est mieux pour toi que s'ils avaient trouvé ton fils. *(Il hurle brusquement.)* Rassemblement dehors! *(Les soldats sortent. Le centurion se lève assez difficilement. Il est un peu ivre.)* En somme, on est venu pour rien. Tant pis. Ecoute, en partant, il faut que je te dise une chose : Ponce Pilate, notre procurateur bien-aimé, ne va pas laisser faire les prêtres, parce qu'il ne peut pas les sentir. Mais il leur donnera peut-être une petite satisfaction. Par politique – écoute bien – par politique, il va leur faire cadeau du barbu. Celui-là, on le cloue et on n'en parle plus. Alors, si ton fils passe par ici, donne-lui un bon conseil : qu'il vienne tout de suite au palais. Il demande Marcius, le centurion Marcius, commandant de la garde! C'est moi. S'il veut me dire à quel endroit on peut coincer le Jésus, moi, ça me ferait bien voir au palais, et lui, on lui foutrait la paix. S'il a du bon sens, il n'aura qu'à se remettre à ses cruches et à s'occuper de la petite – et qu'il lui plante des jumeaux au lieu d'emmerder le monde avec des propos subversifs. Voilà le conseil que je te donne, parce que tu m'as fait boire du bon vin. Maintenant, il va falloir remonter sur ce chameau – et le bon vin, j'ai peur de le revoir. Enfin, c'est ça, le métier militaire. *(Il va vers la porte, puis s'arrête, et dit, en confidence.)* Alors, pense au barbu, hein? Tac, tac, tac... *(Il fait le geste de planter des clous, puis prend l'attitude d'un crucifié.)* Fin de tes ennuis, et des miens. *(Il sort en hurlant des commandements.)* Rassemblement! Garde-à-vous! A droite par deux. Droite! Direction les chameaux! En avant, marche!

SCÈNE III

Simon prend avec des pincettes le gobelet dans lequel le centurion a bu et le jette dans le feu.

SIMON

Maudit soit l'oppresseur qui vient avec un fouet et qui nous méprise parce qu'il nous opprime!

RÉBECCA

Père, il avait le fouet, mais il n'a pas frappé... Et puis, maintenant, nous savons qu'il est vivant. Nous savons qu'il est près d'ici et qu'il n'a pas commis de crime...

SIMON

Oui, c'est vrai, ce sont des nouvelles ; mais ce n'est pas ça qui nous le rendra.

Trois des fils entrent soudain dans la salle et entourent Simon.

RUBEN

Ils sont partis!

OZIAS

Père, il n'est peut-être pas loin.

ZABULON

Il n'est pas encore venu. Mais, à cause de la Pâque, il viendra.

OZIAS

Si tu le permets, nous pouvons partir à sa recherche, et nous le ramenons pour ce soir.

RUBEN

Si on les a vus près de Bethel, c'est qu'ils se cachent dans l'oasis de Benithra.

SIMON

Mais si c'est vrai qu'il a commis le sacrilège, s'il est condamné par nos prêtres, je ne désire plus le voir.

RÉBECCA

Il faudrait au moins le lui demander à lui! Moi, je suis sûre que ce n'est pas vrai!

On frappe fortement à la porte. Tous se regardent, inquiets. Un homme entre. C'est un vieux paysan juif, très grand et très maigre, sous un manteau troué. Sa barbe pointue grisonne. Il porte à la main un fouet de charretier.

SCÈNE IV

L'ÉTRANGER

La paix soit avec vous! Je suis Ebion, fils d'Ebenezer, de Jéricho. Si tu es le maître de cette maison, je te demande l'hospitalité.

SIMON

Je suis Simon, fils de Zadoc : cette pauvre ferme est à moi et tu y es le bienvenu. *(Il le prend par la main.)* Entre, repose-toi, et si tu n'as pas envie de parler, ne dis rien.

L'ÉTRANGER

Merci, frère.

Rébecca apporte un plat de bois et le remplit d'eau. L'étranger, assis sur le banc, y plonge ses pieds.

SIMON

As-tu vu les Romains qui sortaient d'ici?

L'ÉTRANGER

Je les ai même vus entrer. J'ai caché ma charrette dans le chemin creux derrière la ferme, et j'ai attendu qu'ils partent. Rien de bon ne peut venir de l'oppresseur, et j'ai eu peur pour cette maison.

SIMON

Il a parlé de la brûler, mais Dieu veillait. Loué soit l'Eternel! Ils ne nous ont pas fait de mal. *(Il s'est agenouillé et commence à laver les pieds de son hôte. Rébecca présente un linge pour les essuyer.)* Tes pieds sont blessés profondément.

L'ÉTRANGER

Ce sont les pierres du désert, depuis Jéricho jusqu'à Libania. La charrette est lourdement chargée, et le mulet n'est pas très fort. Je marche à côté de lui depuis l'aube...

SIMON *(il examine les pieds)*

Tu ne peux pas repartir avant demain... Et puisque Dieu t'envoie en ce jour sacré, tu feras la Pâque avec nous.

L'ÉTRANGER

Frère, je ne puis pas. J'ai de la famille à Bethel et je leur ai fait dire, par des chameliers, que ce soir même je mangerais la Pâque avec eux.

SIMON

Alors, tu ne peux pas manquer à ta promesse. Zabulon, va dételer le mulet de notre hôte, fais-le boire, et mets-le à l'écurie pour une heure avec une bonne brassée de foin. *(A l'étranger.)* Tu verras, ça va le réconforter. Notre foin est extraordinaire. Et pour tes pieds, j'ai ce qu'il faut. Tu pourras repartir dans l'après-midi. *(Il va ouvrir un coffre et en tire un pot de terre.)* Si je n'avais pas ce beurre de lait de chamelle que ma mère a pétri, il y a dix ans, avec les herbes des bergers, tu n'aurais jamais pu marcher avant demain. C'est un remède miraculeux et je l'économise tant que je peux. Mais puisqu'il s'agit de faire la Pâque avec les tiens, je vais t'en mettre autant qu'il faudra.

Soudain l'étranger se baisse, et parle bas à Simon.

L'ÉTRANGER

J'ai un message pour toi.

SIMON

Tu veux me parler à moi seul?

L'ÉTRANGER

Oui.

SIMON

Sortez, mes enfants, et fermez la porte.

L'ÉTRANGER

Fais monter le plus jeune sur le toit de la ferme et qu'il ouvre ses yeux bien grands : ces brutes pourraient revenir.

SIMON

Vas-y toi-même, Ozias.

Ils sortent, ainsi que Rébecca. Simon regarde l'étranger, qui le regarde en souriant.

L'ÉTRANGER

Veux-tu voir ton fils?

SIMON *(très ému)*

Tu le connais?

L'ÉTRANGER

Oui.

SIMON

Tu fais partie de sa troupe?

L'ÉTRANGER

Non. Je l'ai rencontré ce matin, aux portes du désert... Ses amis venaient de se disperser, parce que la police gardait les routes... Je l'ai caché dans ma charrette, sous le foin... Il m'a demandé de m'arrêter ici... Je l'ai fait.

SIMON

Est-ce possible? Que l'Eternel bénisse ta famille! Où est-il?

L'ÉTRANGER

Je crois qu'il t'écoute parler!

La porte du cellier s'ouvre. Un homme entre. Il est maigre, mais grand et musclé. Il sourit et s'avance d'un pas léger.

SCÈNE V

L'HOMME *(il rit, il est rayonnant)*

Père!

SIMON

Mon garçon! *(Il le serre sur son cœur, puis le prend aux épaules, et le regarde.)* Tu as maigri!

L'HOMME

J'ai marché trois années, mon père... Le lièvre du désert n'est jamais gras.

SIMON *(il l'examine encore)*

Et puis... tu n'as plus l'air comme tout le monde!

L'HOMME *(il sourit toujours)*

C'est que je ne suis plus comme tout le monde, parce que je suis un apôtre de Jésus de Nazareth. Où est ma mère?

SIMON

Chez Rébecca. Elle pétrit le pain de la Pâque...

Il court vers la porte, qu'il ouvre brusquement, Simon dit : « Regarde! » Rébecca paraît, elle s'élance vers l'apôtre.

L'APOTRE

Et voici ma petite sœur bien-aimée... *(Il la serre dans ses bras. Simon crie : « Venez! Venez vite! »)* Chaque jour j'ai prié pour toi...

Simon entre joyeux.

SIMON

Ils arrivent!

L'APOTRE

Dans la famille, il ne manque personne?

RÉBECCA

Personne que toi.

SIMON

Tes frères sont devenus des hommes... Même le petit Jacob...

L'APOTRE

Il doit avoir quatorze ans maintenant?

SIMON

Ça, je ne peux pas te le dire... Mais le voici...

En effet, un jeune garçon vient d'entrer en courant et se jette dans les bras de l'apôtre, qui le serre sur son cœur.

L'APOTRE

Comme tu as grandi, petit frère! Je n'aurais peut-être plus la force de te porter sur mon dos!...

JACOB *(qui rit)*

Et puis, maintenant, j'aurais honte!

Un autre garçon plus âgé vient d'entrer.

L'APOTRE

Ruben! *(Le garçon éclate de rire, puis s'élance vers l'apôtre et le baise à l'épaule. L'apôtre l'examine.)* Ton œil est guéri?

RUBEN

Depuis longtemps! Regarde!

L'APOTRE

C'est fini! on ne voit plus rien! Et les petites sœurs?

SIMON

Elles sont aux brebis.

JACOB

Rachel est devenue belle comme le jour!...

RUBEN

Rachel est très belle, mais Sarah est bien plus jolie!

Un jeune homme qui vient d'entrer s'élance vers lui, et lui baise l'épaule.

L'APOTRE

Zabulon! Comme tu es devenu fort!

Il rit, et son frère rit aussi de plaisir. D'autres jeunes gens entrent et s'élancent vers lui.

ZABULON

Les Romains sont au croisement de la piste de Béthanie. Il n'y a plus de danger...

OZIAS

Salut, mon grand. Par où es-tu passé, qu'on ne t'a pas vu arriver?

L'APOTRE

J'étais caché sous le foin de cet ami.

SIMON

Que sa mère soit bénie!

L'APOTRE *(avec ferveur)*

Loué soit l'Eternel qui a conservé tous les miens afin qu'ils entendent la grande nouvelle, et qu'ils reçoivent de mes mains la bénédiction de Jésus... Jacob, cours chercher notre mère...

RÉBECCA

Quelle belle Pâque pour elle!

Le petit Jacob sort en courant. Simon le rappelle.

ZABULON

Jacob. Ne lui dis pas la chose tout de suite!

SIMON

Dis-lui que c'est moi qui veux la voir. *(A l'apôtre.)* Elle viendrait en courant, ça serait mauvais pour son cœur.

Jacob sort.

L'APOTRE

Elle est malade?

SIMON

Non. Mais elle n'a plus guère de force, parce qu'elle a beaucoup travaillé.

RÉBECCA

Et beaucoup pleuré!

L'APOTRE

Heureux ceux qui pleurent, car ils seront consolés!... Ruben, appelle nos voisins, Thadée le chamelier et Barthimée, le berger du désert... C'est pour eux aussi que je suis venu.

SIMON

C'est ça : va les chercher. *(Ruben sort. Simon se tourne vers l'étranger.)* Ami, le bonheur que je te dois me fais oublier mon hôte... Je suis sûr que tu as faim.

Rébecca ouvre un coffre et elle dispose devant l'étranger un fromage, du pain, un panier de fruits.

L'ÉTRANGER

Je n'y pensais pas, Simon ; mais il est vrai que le vent du désert aiguise l'appétit... Je te remercie.

SIMON

Goûte ce fromage : c'est moi qui l'ai fait à notre façon : c'est un vieux secret de famille. Et comme j'ai les plus belles brebis du monde, dans les meilleurs prés de cette oasis... Je ne t'en dis pas plus. Goûte-le. *(L'étranger commence à manger. Simon revient à son fils.)* Parlons de choses qui pressent. As-tu vu ces Romains?

L'APOTRE

Je les ai vus.

SIMON

Pourquoi vous cherchent-ils, tes amis et toi, avec tant de soldats farouches et des chiens capables de dévorer un chameau?

L'APOTRE

En vérité, je ne le sais pas. Nous venons de passer huit jours à Jérusalem au milieu d'eux, dans les rues de la ville. Nous avons prêché pour le peuple, personne ne nous a rien dit... Et puis, cette nuit, nous avons appris que plusieurs patrouilles avaient reçu l'ordre de nous arrêter. Je n'aurais jamais cru qu'ils viendraient jusqu'ici.

SIMON

Ils sont venus, et leur chef m'a parlé. D'après lui, les prêtres du Temple ont dit que vous étiez des sacrilèges. Pour moi, la grande question, c'est celle-là. Est-ce que tu as blasphémé les Saintes Ecritures?

L'APOTRE

Jamais, père! Dans tous les villages, dans toutes les villes, et jusqu'au cœur même de Jérusalem, nous avons prêché de tout notre cœur la vérité des Saintes Ecritures et la gloire de l'Eternel!

SIMON *(très ému)*

Que son saint nom soit béni! Les paroles que tu viens de dire éclairent toute la maison... Assieds-toi, mon fils bien-aimé, et bois le vin de notre vigne, qui a fleuri trois fois loin de toi...

L'apôtre s'assoit. Simon, debout derrière lui, le tient par les épaules. Rébecca s'agenouille et lui lave les pieds. Zabulon lui tend une coupe de vin. L'apôtre boit. Entre Thadée le chamelier. Il est très vieux, maigre et bronzé, mais il rit, et s'avance vers l'apôtre, qu'il serre dans ses bras.

L'APOTRE

Tu n'as pas changé, Thadée...

THADÉE

A mon âge on ne change guère... Mais toi, te voilà brun comme un vrai chamelier.

L'APOTRE

Le vent du désert est le même pour tous.

THADÉE

Quelle chance que ces Romains soient venus avant toi !

SIMON

J'en ai des sueurs froides !

THADÉE

Ils ont fouillé toute ma ferme ! Ils croyaient que c'était la tienne. Moi, j'ai fait semblant de ne pas comprendre, je les ai laissés chercher partout pour te donner un peu de temps, si tu avais eu à cacher quelqu'un !... Les chiens ont dévoré trois poulets !... Un soldat énorme a fait péter l'échelle des chambres, il a traversé le plancher et il a cassé deux jarres d'huile ! Et on a pissé partout ! Je ne sais pas si c'est les soldats ou les chiens, mais, finalement, ça revient au même. Et moi, pendant ce temps, le chef me faisait des menaces terribles ! Il parlait de me crucifier !

L'ÉTRANGER

Quand ils en parlent, ils le font... Tu as eu de la chance !

THADÉE

Loué soit l'Eternel !

Entre Barthimée, un vieux berger de cinquante ans. Il va droit vers l'apôtre.

BARTHIMÉE

En voilà une histoire ! Je savais bien que ça finirait comme ça, et je l'avais dit à la petite !... Une vie de vagabond, ça ne peut pas durer longtemps ! Moi, quand je perds une brebis, je ne la cherche même pas : j'attends! Quand elle aura soif, elle reviendra! *(A Simon.)* C'est les Romains qui te l'ont ramené?

L'APOTRE

C'est tout le contraire, Barthimée.

SIMON

Ils voulaient l'arrêter, et le mettre en prison!...

BARTHIMÉE

Et l'Eternel ne l'a pas permis!

L'APOTRE

Il ne l'a pas permis, car il me reste trop de choses à faire...

BARTHIMÉE

Il te reste à vivre, mon petit... Il te reste...

SIMON

Tais-toi, Barthimée, c'est à moi de parler! Parce qu'il faut d'abord que je dise une grande nouvelle.

BARTHIMÉE

Encore une?

SIMON

Thadée, tu sais ce que je craignais?

THADÉE

Oui, je le sais. Et alors?

L'APOTRE

Que craignais-tu, père?

SIMON

Eh bien, nous parlions de toi quelquefois.

THADÉE

C'est-à-dire tout le temps!

SIMON

Et nous étions inquiets tous les deux... Parce que, quand des jeunes gens commencent à discuter de religion, ça arrive qu'ils se trompent... *(Triomphant.)* Eh bien, Thadée, ce n'était pas ça! Ce sont de bons Juifs! Dis-lui, mon fils, dis-lui...

L'APOTRE *(gravement)*

Jésus n'est pas venu pour détruire, mais pour accomplir.

THADÉE

Pour accomplir quoi?

L'APOTRE

Les Ecritures.

Thadée, radieux, va lui baiser l'épaule.

SIMON

Ça, c'est parfait! Une seule chose m'inquiète un peu! Cette histoire du Temple.

L'APOTRE

Laquelle?

SIMON

Eh bien, d'après ce guerrier, tes amis ont fait du

scandale dans la cour du Temple. Est-ce que c'est vrai?

L'APOTRE

Il n'a pas menti.

RÉBECCA

Est-ce que tu étais avec eux?

L'APOTRE

Au premier rang!

SIMON

Ça ne me plaît pas du tout.

ZABULON

Qu'est-ce que vous avez fait exactement?

L'APOTRE

Nous avons fouetté les marchands, et nous avons insulté les impies qui trafiquent de la Gloire de Dieu.

RUBEN *(à Simon)*

Ils ont bien fait!

OZIAS *(à Simon)*

La première fois que tu m'as mené au Temple, j'ai cru que c'était une foire!

SIMON

Peut-être, peut-être... Mais c'est tout de même la cour du Temple... Et il est bien possible que tout ça n'ait pas fait plaisir aux prêtres...

L'APOTRE

Les prêtres, mon père, nous haïssent.

SIMON

Pourquoi?

Chaque fois que l'apôtre parle de Jésus, il change de visage, et même de voix.

L'APOTRE

Pour bien des raisons. Celles que justement je suis venu vous dire. Et la première, c'est qu'ils sont du parti des riches, tandis que Jésus aime les pauvres... Il a dit plusieurs fois, sur les places publiques : « Un riche n'entrera pas plus au Paradis qu'une corde en poil de chameau ne passera par le trou d'une aiguille. »

THADÉE

Ça me console de ne pas être riche, mais je ne sais pas si c'est juste.

OZIAS

C'est vrai qu'il y a de mauvais riches.

SIMON

Mais il y en a aussi qui font du bien, et qui offrent à l'Eternel des sacrifices grandioses...

ZABULON

Bar Thamil, celui des troupeaux, pour le jour de ses cinquante ans, il a offert cinq cents moutons...

L'APOTRE

Mais il lui en reste cinq mille...

BARTHIMÉE

Et même plus.

L'APOTRE

Celui qui donne le surplus n'a rien donné. Celui qui donne le surplus n'a fait que rendre un bien qui n'était pas à lui. Mais ce pauvre qui n'a guère de pain, et qui t'en donne la moitié, en vérité, je vous le dis, avec la moitié de sa faim, il vient d'acheter la vie éternelle.

Car Dieu ne pèsera pas ce pain que tu donnes,
Mais il pèsera ce pain qui te manque :
Et ce morceau de pain qui t'a manqué à cause de l'amour d'un frère misérable,
Son poids sera plus lourd aux balances divines
Que trente chameaux chargés d'or.

THADÉE

Çà, pour parler, il sait parler!

ZABULON

Encore mieux que notre rabbi!

SIMON

Et puis, qu'est-ce que vous dites encore, qui n'est pas tout à fait d'accord avec le Temple?

L'APOTRE

Nous disons que l'Eternel n'est pas seulement le Dieu des armées et de la vengeance, mais qu'il est aussi le Dieu du pardon.

SIMON

Oui, quelquefois.

L'APOTRE

Mon père, il pardonne toujours à ceux qui expient leurs fautes et leurs crimes par un repentir sincère et confiant.

THADÉE

Les fautes, peut-être. Mais les crimes...

L'APOTRE

Tous les crimes. Thadée...

SIMON

Même quand un fils a tué son père?

L'APOTRE

Oui, mon père. Même un parricide.

L'ÉTRANGER

Ce n'est pas tout à fait la Loi.

THADÉE

Et puis, qu'est-ce que vous dites encore?

L'APOTRE

Aimez-vous les uns les autres.

THADÉE

Ça, c'est parfait.

SIMON

C'est exactement la Loi de Moïse.

L'APOTRE

Pas tout à fait, père.

THADÉE

Comment, pas tout à fait? « Tu aimeras ton prochain comme toi-même. »

L'APOTRE

Oui, Thadée, mais ici vous ne l'observez pas.

THADÉE

Nous? Pourquoi?

L'APOTRE

Qui est ton prochain? Tu penses que c'est un autre Juif comme toi?

THADÉE

Bien sûr.

L'APOTRE

Et un Samaritain, est-ce que c'est ton prochain?

SIMON

Ça n'est pas une question à poser!

THADÉE

La Loi dit que l'eau des Samaritains est plus impure que le sang des porcs!

L'APOTRE

Eh bien, Thadée, Jésus est venu pour nous dire que nous devons aimer, comme nos propres frères, tous les hommes.

ZABULON

Ce n'est pas gentil pour les frères. Nous, nous t'aimons plus que les autres.

L'APOTRE

Vous avez tort de les aimer moins.

L'ÉTRANGER

Un passant ne doit pas parler. Mais tu m'étonnes – et je dois dire qu'avec ton système, il faudrait aussi aimer les Romains!

L'APOTRE

Oui, ami, même les Romains.

THADÉE

Là, moi non plus, je ne suis plus d'accord.

SIMON

Tu aurais dû sortir du foin plus tôt. Tu avais l'occasion d'en embrasser plusieurs! Moi, je ne suis pas un savant, mais j'ai appris qu'il a été dit dans la Loi : « Œil pour œil, dent pour dent! »

L'APOTRE

Eh bien, Jésus a dit : « Si on te frappe sur la joue droite, il faut tendre la joue gauche. »

THADÉE

Ça, alors!

SIMON

On peut dire qu'on n'a jamais entendu ça!

L'ÉTRANGER

Ça n'est guère dans la nature humaine.

RUBEN

Mais s'il te frappe encore sur la joue gauche?

L'APOTRE

Eh bien, tu dois tendre l'autre joue jusqu'à ce que ton ennemi pleure de honte, en voyant le mal qu'il t'a fait.

ZABULON

Est-ce que tu parles sérieusement?

L'APOTRE

Oui, mon frère, et du fond de mon cœur, car c'est le grand message de Jésus : « Aimez vos ennemis! »

SIMON

Et comment faire?

L'APOTRE

Bénissez ceux qui vous maudissent!

ZABULON

Ce n'est pas possible!

L'APOTRE

Priez pour vos persécuteurs!

THADÉE

Pourquoi?

L'APOTRE

Car ils sont en proie à l'Esprit du mal. Et si vous aimez ceux qui vous aiment, quel mérite avez-vous?

RÉBECCA *(amère)*

Bien sûr! Ceux qui vous aiment, ça ne compte pas.

L'APOTRE

Ceux qui nous aiment, nous devons leur faire entendre le Message, afin qu'un jour nous soyons réunis à la droite du Père, pour l'Eternelle Félicité... Et il dit aussi...

A ce moment, deux femmes entrent, suivies de Ruben. La plus âgée s'arrête un instant sur le seuil. Puis elle s'élance vers l'apôtre et le serre dans ses bras en pleurant de joie.

LA MÈRE

Mon fils! *(Il l'embrasse avec une grande tendresse, la repousse, la regarde, et l'embrasse à nouveau.)* Loué soit l'Eternel qui m'a rendu mon premier-né!

TOUS

Loué soit l'Eternel!

LA MÈRE

Je le savais, j'en étais sûre que tu ferais cette Pâque avec nous...

L'APOTRE

Tu te trompais, mère chérie, ce soir je serai loin d'ici.

SIMON

Quoi? Tu veux repartir?

L'APOTRE

Le devoir m'appelle à Jérusalem... Il faut que je prépare le repas sacré de notre Maître... Mes frères les apôtres m'aideront de leur mieux, mais, sans moi, ils ne sauraient pas... Ce sont des enfants dans la vie ordinaire, et c'est moi qui veille sur eux.

SIMON

Ainsi, vous avez convenu d'un rendez-vous pour ce soir?

L'APOTRE

Oui, père. Chez un ami fidèle, un ancien collecteur d'impôts...

SIMON *(stupéfait)*

Un percepteur! Qui peut donner sa confiance à un percepteur! Il vous a peut-être déjà vendus!

L'APOTRE *(il sourit)*

Oh non! La grâce l'a touché, et il m'attend pour préparer la Pâque... Et ma présence est indispensable, parce que j'ai la bourse commune...

SIMON

Vraiment? C'est toi qui as les sous?

L'APOTRE

Regarde, père...

Il a tiré de sa ceinture une bourse de cuir. Simon s'est approché et la prend.

SIMON

Au moins, ça prouve qu'ils ont confiance en lui!

(Il soupèse la bourse.) Il y a là au moins trois cents deniers.

L'APOTRE

Et même plus... Il y a quelques pièces d'or. En tout sept cent quatre-vingt-un deniers.

SIMON *(il fouille dans la bourse)*

De l'or! *(En effet, il en tire une pièce d'or.)* Et d'où vient toute cette richesse?

L'APOTRE

De ceux qui écoutent la parole... Ils nous en donnent souvent beaucoup trop, et nous partageons avec les pauvres.

LA MÈRE

Et c'est pour t'occuper des pauvres que tu veux quitter ta famille?

L'APOTRE

De mon Maître, et des pauvres.

LA MÈRE

Et c'est à Jérusalem que tu vas?

L'APOTRE

Oui.

RÉBECCA

Mais si tu vas à Jérusalem, ces soldats vont te mettre en prison!

L'APOTRE

Dans la foule d'une grande ville, on est mieux caché qu'au désert.

SIMON

Tu as donc oublié que la Loi ordonne de faire la Pâque avec les siens?

L'APOTRE

Père, ce soir, les miens sont à Jérusalem.

SIMON

Voilà une parole impie... Une parole qui me frappe au cœur... C'est donc une malédiction que tu veux emporter d'ici?

LA MÈRE

Simon, je t'en supplie... C'est l'Eternel qui nous l'a conservé, et tu ne dois pas le maudire...

SIMON

Non, je ne veux pas le maudire. Mais s'il part, il n'aura pas ma bénédiction.

L'APOTRE

J'en aurai une grande peine, mais je ne puis rester avec vous. Je crois que de grands événements se préparent... Je ne sais pas encore lesquels parce que le Maître nous parle souvent par paraboles. Il nous a prévenus : ce soir, c'est la dernière Pâque que nous mangerons ensemble.

L'ÉTRANGER

La dernière? Pourquoi?

L'APOTRE

Je ne sais pas. Peut-être sommes-nous à la fin des temps, et je sens une angoisse dans mon cœur... C'est pour cela que je suis venu, et que j'ai voulu vous parler à tous, pour que vous ne soyez pas surpris par le Jugement... Et voici maintenant...

SIMON *(brusquement)*

Et voici maintenant que tu en as assez dit... Je t'ai écouté avec patience, pour connaître le fond de ton cœur. Mais, maintenant, c'est ton père qui parle. Tout ce que tu as raconté, ça n'a pas tellement d'importance. Si tu veux recevoir deux gifles au lieu d'une, et si tu veux embrasser les Romains, ça prouve que ça ne va pas bien là-dedans *(il se touche le front)* mais, avec du temps, ça peut s'arranger. Ce qui est plus grave, c'est ce que tu as dit tout à l'heure : que les tiens sont à Jérusalem. Ça, je le retiens, et *(il montre l'assistance)* ceux-là aussi le retiennent...

LA MÈRE

Mais tu sais bien qu'il n'a pas voulu dire...

SIMON

Je sais ce que j'ai entendu. Mais nous en reparlerons plus tard. Pour le moment, il s'agit de le sortir d'affaire et de le tirer des griffes de la police. Eh bien, moi, Simon, fils de Zadoc, j'ai le moyen de le sauver.

LA MÈRE

Comment?

SIMON *(presque fanfaron)*

Parce que moi, je ne me suis pas laissé intimider

par ces soldats. Moi, j'ai parlé à ce centurion. Et pourtant, il faisait claquer son fouet, et il avait presque commencé à mettre le feu à la maison... Mais l'Eternel m'a inspiré et j'ai eu l'idée de lui faire boire notre vin, et il m'a tout dit, et vous allez tout savoir. D'abord, le plus pressé. Thadée, est-ce que tu peux nous prêter un chameau?

THADÉE

Aujourd'hui, je n'en ai qu'un à l'étable. Les autres sont chez Mardochée, à Jérusalem. Mais c'est le plus jeune, et il file comme une hirondelle. Quand le veux-tu?

SIMON

Le plus tôt, c'est le mieux.

THADÉE *(à Ruben)*

Va dire à Siméon qu'il prépare la Flèche du Désert.

SIMON

Prends deux outres de vin et charge-les sur le chameau.

Ruben sort.

THADÉE *(à Simon)*

Où veux-tu aller?

SIMON

Moi, nulle part. Mais je veux que celui-ci aille à Jérusalem. *(A l'apôtre.)* Tu vas voir comme c'est simple : tu iras au palais du gouverneur, qui est près de la forteresse et tu demanderas... *(Il s'arrête. Il réfléchit.)* Ça y est! J'ai oublié son nom. Ça ne fait rien. Tu demanderas le centurion qui commande la garde. C'est celui qui était ici tout à l'heure. C'est un homme grand et fort, avec une plaque d'or, et qui aime beaucoup notre vin. Tu lui diras : « Je suis le fils de Simon le Vigneron et je viens te dire que le charpentier est à tel endroit. » Ce qu'ils feront, ça ne nous regarde pas. Et toi, tu reviens dès ce soir, sur le chameau, et tu fais la Pâque avec les tiens, et tu restes ici pour toujours, près de cette colombe qui s'est gardée pour toi. Et la police te laissera tranquille. C'est le centurion qui me l'a promis.

THADÉE

Voilà une bonne nouvelle!

L'APOTRE

Moi, que je livre Jésus?

Il sourit avec amertume.

RÉBECCA

C'est lui qu'on cherche. Pourquoi veux-tu payer pour lui?

SIMON

Ils finiront toujours par l'attraper! Au moins, que ça profite à quelqu'un!

L'APOTRE

Père, prends garde... Je crains bien que Satan n'ait parlé par ta bouche! Comme il serait heureux, l'infâme, si un apôtre livrait le Sauveur! Ce serait le crime des crimes.

L'ÉTRANGER

Oh oui! ce serait son chef-d'œuvre!

L'APOTRE

Mais il perd son temps à tendre ce piège, et sa malice ne fera voir que sa laideur! Père, mon père bien-aimé, je ne t'en veux pas et je sais que Dieu te pardonne, à cause de ton ignorance de la vérité et de la pureté de ton cœur.

SIMON

Mon ignorance me commande de sauver la vie de mon fils, au lieu de protéger un charpentier que je ne connais pas, mais qui doit être bien coupable puisque les prêtres du Temple l'accusent, lui, de sacrilège!

Murmures d'inquiétude dans l'assistance.

THADÉE

S'il est sacrilège, tu ne dois pas l'aider!

ZABULON

Et même, tu dois dire où il est!

THADÉE

Si les prêtres le condamnent, malheur à ceux qui le défendent!

Ruben entre brusquement.

RUBEN

Le chameau a bu. Le vin est chargé. Tout est prêt.

SIMON *(à l'apôtre)*

Mon fils, maintenant c'est ton père qui commande, et qui ordonne. Tu vas aller voir ce centurion : Marcius ! Ça m'est revenu. Marcius ! Tu le fais boire et tout est fini ! Embrasse ta mère et va faire ton devoir.

THADÉE

Un ordre du père est sacré !

L'ÉTRANGER *(il se lève et parle avec force)*

Mais l'Eternel commande avant le père ! Simon, fils de Zadoc, mon hôte respecté, écoute la parole d'un passant du désert. Tu lui reproches quelques petites différences dans l'interprétation de la Loi, et tu lui ordonnes, avec ton autorité paternelle, de commettre un crime contre la Loi elle-même ! Tu lui ordonnes de trahir son ami et de le livrer à l'oppresseur !

SIMON

Mais puisque cet homme est un sacrilège !

L'ÉTRANGER

Qui te l'a dit ? C'est un Romain, une brute qui parle au hasard et qui ne sait rien de la Loi de Moïse... Pense à ces amis de trois années, à ces frères de pauvreté qui l'attendront ce soir autour d'une longue table vide. Ils attendront l'ami et le pain de la Pâque, mais ils verront paraître les bourreaux et les fers... Et l'on dira dans ton village : « C'est le fils de Simon, c'est le frère aîné, qui a trahi ses douze amis. Et pourquoi ? Pour sauver sa peau ! »

L'APOTRE

Celui-ci parle comme un inspiré...

L'ÉTRANGER

Et puis, tu l'as dit tout à l'heure : cette Pâque sera la dernière que vous mangerez ensemble. Il va peut-être vous donner ses derniers conseils, il va vous faire ses adieux... Il faut qu'il soit présent à cette table, il faut qu'ils échangent le dernier baiser de paix... Ils se disperseront ensuite, et ton fils reviendra parmi vous aussi propre qu'il en est parti... Les prêtres oublieront cette petite affaire – et les Romains ne reviendront jamais jusqu'ici... Pardonne-moi, j'ai trop parlé. Mais j'ai voulu remercier mon hôte en lui donnant le conseil d'un ami.

L'APOTRE

Merci! Pour la seconde fois, tu montres la route que je dois suivre... et que je suivrai jusqu'au bout. Simon, fils de Zadoc, mon père bien-aimé, je vais prendre le chameau de Thadée, et même ces outres de vin. Mais je n'irai pas voir ce policier.

LA MÈRE

Tu préfères la prison loin de nous?

SIMON

La prison, et le fouet, et peut-être la mort!

L'APOTRE

J'aimerais mieux la mort que de trahir mon Maître. Mais rassurez-vous, je ne mourrai pas et lui-même ne court aucun danger. Aujourd'hui, je n'ai pas le droit de tout vous dire. Et je regrette de n'être pas venu plus tôt pour vous enseigner, et de n'avoir pas plus de temps : mais je sais que vous êtes des cœurs simples et honnêtes, et l'Eternel le sait bien mieux que moi. Il ne vous demande que peu de chose pour vous accueillir parmi les siens, et je vais vous laisser les clefs du royaume. Ce sont des mots, tracés sur un carré d'écorce, de simples mots d'obéissance et d'amour qui vont faire tomber les empires et qui sauveront les âmes du mal. C'est la prière de Jésus-Christ. *(L'étranger sort discrètement.)* Il nous l'enseigna sur la montagne, quand nous avions si peu de nourriture qu'un moineau n'aurait pu en vivre. Mon frère Zabulon vous la lira chaque matin et chaque soir, et si vous en retenez seulement une ligne, vous serez plus riches que César. En ce jour de la Pâque, avant d'aller servir le Maître, je veux la dire pour vous tous. *(Toute la famille l'entoure. L'apôtre, debout, prie avec ferveur, d'une voix forte.)* « Notre Père, qui êtes aux cieux, que votre nom soit sanctifié, que votre règne arrive, que votre volonté soit faite sur la terre comme au ciel. Donnez-nous aujourd'hui notre pain quotidien, et pardonnez-nous nos offenses comme nous pardonnons à ceux qui nous ont offensés. Ne nous induisez point en tentation, mais délivrez-nous du mal. Ainsi soit-il. »

Il les bénit, et sort sans mot dire. La mère se lève, et le suit. Au dehors, on l'entend qui appelle : « Judas mon petit Judas... »

Rideau

ACTE II

Avant le lever du rideau, on entend un chœur qui chante le chant de la Pâque. C'est la même salle de ferme. Autour d'une longue table improvisée, des hommes et des femmes sont debout. Les hommes ont de longs manteaux, de grands chapeaux sur la tête, et ils s'appuient sur des bâtons de pèlerin. Il y a là Simon, toute la famille et quelques voisins. Il est plus de minuit. C'est la fin du repas de la Pâque. Beaucoup de plats vides, de cruches et de coupes. Des enfants dorment dans les coins.

Le chant se termine. Il y a un silence.

SCÈNE PREMIÈRE

SIMON

Maintenant, mes enfants, et toi, Barthimée, mon voisin, et toi, Thadée, mon ami, je vous remercie d'être venus ce soir avec les vôtres. Après cette Pâque que nous avons célébrée, mangée... et chantée du fond du cœur, je crois que c'est le moment d'aller dormir, afin de reprendre des forces pour notre travail de demain. Mais, avant de nous quitter, j'ai idée de faire encore une petite prière pour celui à qui nous avons pensé toute la soirée.

Il lève la face vers le ciel et prie avec ferveur.

Seigneur, ce soir, en ce saint jour de la Pâque, j'avais mis à la place de l'absent la pioche et la serpe de sa jeunesse... Exauce la prière de ton vieux serviteur : qu'il revienne les prendre dans ses mains de paysan!... Accorde-moi de revoir ses larges empreintes dans l'argile, sous les amandiers pleins d'oiseaux, et d'entendre sonner sa pioche sur les pierres dans la vigne qui va fleurir...

Un grand silence. La mère sanglote.

SIMON *(brusquement)*

Allez dormir. Il est temps.

Il est allé devant la cheminée. Il tourne le dos à l'assistance. Il regarde la petite flamme bleue qui danse sur deux éclats de racine d'olivier. Les femmes emportent dans leurs bras les enfants endormis. Tous se retirent, sans dire un mot et sans bruit. Au bout d'un court instant, la porte s'ouvre et l'étranger paraît.

SCÈNE II

L'ÉTRANGER

Simon, c'est encore moi... L'essieu de ma charrette s'est rompu, à trois lieues d'ici... Je suis revenu avec le mulet, et je te demande encore une fois l'hospitalité.

SIMON

Encore une fois, tu es le bienvenu. Ce qui m'ennuie, c'est que je n'ai pas un très bon lit à t'offrir, parce qu'il a fallu donner toutes les chambres aux femmes et aux filles. J'ai invité des voisins, tu comprends... Mes fils sont allés dormir dans le grenier à foin. Je vais te donner cette paillasse... Elle est toute neuve, et mes filles l'avaient préparée pour moi au coin de la cheminée... J'irai au grenier, avec mes garçons.

L'ÉTRANGER

Je puis aussi bien y aller moi-même...

SIMON

Ce n'est pas possible, ami. Tu es un envoyé de Dieu, le jour de la Pâque : honte et malheur à moi si je ne te donnais pas ma place! La Loi ordonne que tu dormes ici.

L'ÉTRANGER

La Loi et ton bon cœur, Simon. Je te suis très reconnaissant.

SIMON *(il tâte la paillasse)*

Mes deux filles sont vraiment des merveilles. Regarde comme cette paillasse est bien gonflée. Et comme elle est élastique. Il faut dire que la paille vient de mon champ des Quatre-Pierres : c'est la plus souple de toute la province... Sans compter une odeur de pain frais qui vous fait dormir en souriant.

L'ÉTRANGER

Je suis sûr que j'y serai mieux que dans une chambre, parce que cette salle est grande, et que le mur est chaud.

SIMON

Pour être bien, tu seras bien. C'est là que je dormais du temps de mon père Zadoc. Ni en hiver ni au printemps, je n'ai jamais su qu'il faisait froid... Dans cette cruche, tu as de l'eau pure... C'est celle du puits près du figuier... Elle est aussi bonne que celle du puits de Jacob... J'ai des amis qui viennent de très loin... avec des ânes, pour en chercher. Et souvent, des voyageurs m'ont dit qu'il n'en existait pas de meilleure dans toute la Judée et peut-être dans le monde entier.

L'ÉTRANGER

Un bon puits c'est le plus précieux des trésors.

SIMON

Notre famille a mis plus de dix ans à le creuser. Enfin voilà notre récompense. *(Il montre la cruche.)* Est-ce que tu as l'intention de partir avant le jour?

L'ÉTRANGER

Cela pourrait arriver. Je partirai quand je m'éveillerai.

SIMON

Je crois qu'ici personne n'ouvrira les yeux de bonne heure, nous n'avons guère l'habitude de nous coucher si tard. Alors, je ne te reverrai peut-être pas.

L'ÉTRANGER

Je te remercie de ton accueil. Si un jour tu passes par Lydda, demande la maison d'Ebion, fils d'Ebenezer. Tu y seras comme chez toi.

SIMON

Maintenant, comme tu es un passant de l'Eternel, il faut que je te pose une question. Est-ce que tu as besoin d'un peu d'argent?

L'ÉTRANGER

Non, merci.

SIMON

Tant mieux... Parce qu'il faut que je te dise : moi, je suis un peu avare. Je n'aime pas donner de l'argent : il est si difficile à gagner. Remarque que si tu en avais vraiment besoin, ça ne me ferait pas plaisir, mais je t'en donnerais quand même un peu. Enfin tout est bien comme ça. Tu n'en as pas besoin, tu l'as dit librement, n'en parlons plus. Si tu te réveilles, mets une bûche au feu. Si tu ne te réveilles pas, ça n'a pas d'importance. Il y a une souche d'olivier, elle tiendra la braise jusqu'à demain matin. Maintenant, excuse-moi, je dors debout. *(A lui-*

même.) Et pourtant, je sais bien que je ne dormirai pas cette nuit.

L'ÉTRANGER

Je n'ai pas osé te demander des nouvelles de ton fils. Est-il revenu?

SIMON

Hélas non, et je ne sais rien. Enfin, que la volonté de l'Eternel soit faite. Qu'il protège ton sommeil et qu'il dirige ton voyage... Bonne nuit.

L'ÉTRANGER

Merci.

Simon sort. L'étranger prépare sa couche, puis il s'y étend. Un silence. On entend aboyer un chien, au loin. Puis la porte s'ouvre. Judas paraît. Il referme la porte. Il entre. Il est pâle et nerveux.

SCÈNE III

JUDAS *(il parle comme dans un rêve)*

Pourquoi? Pourquoi? Je rêve peut-être... Quand on a donné sa vie, tout son cœur, toute son âme... Non, non. *(Un silence.)* Brusquement, comme ça... Sans raison... Il doit y en avoir une pourtant. Notre Père qui êtes aux cieux, quel est mon crime? Quelle est mon offense?

Il vient regarder le feu. Puis il va s'asseoir à la grande table. Soudain, il pose sa tête sur ses bras repliés. L'étranger se lève sans bruit, et va vers lui. Il le regarde un instant, puis il touche son épaule.

L'ÉTRANGER

Judas!

Judas lève brusquement la tête, il est pâle et hagard.

JUDAS

Tu n'es pas parti?

L'ÉTRANGER

Ton père m'a donné ce lit près du feu... Ainsi, le centurion a tenu sa promesse?

JUDAS

Je ne l'ai pas vu.

L'ÉTRANGER

Tu n'es pas allé à Jérusalem?

JUDAS

J'en reviens.

L'ÉTRANGER

Tu n'as pas retrouvé tes amis?

JUDAS

Je les ai retrouvés à l'endroit convenu et j'ai préparé la Pâque pour eux...

L'ÉTRANGER

Si je te pose ces questions, ce n'est pas par curiosité... C'est parce que tu as le visage du désespoir!... Ils l'ont arrêté?

JUDAS

Non.

L'ÉTRANGER

Pourquoi n'es-tu pas resté avec eux? C'était donc vraiment la dernière Pâque, et vous voilà dispersés pour toujours?

JUDAS

Il s'est passé quelque chose que je n'arrive pas à comprendre. Quelque chose d'absurde et d'horrible.

L'ÉTRANGER

Quelque chose que tu ne peux pas me dire?

JUDAS

C'est si affreux que je me demande si j'ai bien compris. Pourtant, oui, il l'a dit. Il l'a dit clairement.

L'ÉTRANGER

Ça s'est passé pendant la Pâque?

JUDAS

Tout de suite, ça a mal commencé pour moi. J'étais allé chercher le pain azyme chez un autre ami et je suis arrivé en retard. Et j'ai vu que Jean m'avait pris ma place, ma place que j'aimais tant, à côté du Maître... A sa droite.

L'ÉTRANGER

Après tout, ce n'est pas un si grand malheur!

JUDAS

Oh non, bien sûr. J'en ai eu de la peine, mais je n'ai pas réclamé. Nous avons commencé à manger en silence... Nous étions tristes et pleins d'angoisse à cause des paroles d'avant-hier...

L'ÉTRANGER

Celles qui annonçaient la dernière Pâque?

JUDAS

Oui, mais devant les miens, je n'ai pas tout dit.

L'ÉTRANGER

Quelles étaient donc ces paroles?

JUDAS

« Vous savez que la Pâque a lieu dans deux jours, le Fils de l'Homme va être livré pour être crucifié. »

L'ÉTRANGER

Il avait parlé d'être crucifié?

JUDAS

Oui, mais nous pensions que ces mots avaient un sens caché. Presque toujours il parle par paraboles. Mais comme nous n'avions pas compris, nous étions troublés... Et tout à coup, dans le silence, il a dit : « J'ai désiré avec ardeur manger cette Pâque avec vous, avant que je souffre. » Alors, nous l'avons tous regardé, et j'avais des larmes dans les yeux. Ensuite, il a dit : « Je vous déclare que je n'en mangerai plus désormais, jusqu'à ce qu'elle soit accomplie dans le royaume de mon père. »

L'ÉTRANGER

En somme, il annonçait sa mort. Pourquoi?

JUDAS

Je ne sais pas. Plusieurs pleuraient sans rien dire, et j'avais la gorge serrée, et je n'arrivais pas à manger. Et moi, je pensais que c'était notre dernière Pâque, parce qu'il voulait nous envoyer au-delà des mers, pour porter la bonne nouvelle aux peuples lointains. Mais tout à coup, il s'est levé, et il a dit la phrase terrible...

Judas hésite, et cache son visage dans ses mains.

L'ÉTRANGER

Laquelle?

JUDAS

« En vérité, je vous le dis, un de vous doit me trahir. »

L'ÉTRANGER

Il l'a dit à haute voix?

JUDAS

Il l'a dit simplement. « Un de vous doit me trahir. » Alors, tous ont cessé de manger, et il y avait un silence énorme. Nous étions pâles et glacés de stupeur. Puis plusieurs ont demandé : « Maître, est-ce moi? » Mais il ne répondait pas, et tout à coup, il m'a regardé en face. Alors, à mon tour, j'ai demandé : « Maître, est-ce moi? » Et il m'a répondu : « C'est toi, tu l'as dit. »

L'ÉTRANGER

Les autres l'ont entendu?

JUDAS

Oui, il l'avait dit à haute voix.

L'ÉTRANGER

Alors, ils t'ont sauté à la gorge?

JUDAS

Non, personne n'a bougé. Ils n'ont même pas osé parler.

L'ÉTRANGER

Ils n'ont pas osé défendre leur Maître? Ils n'ont pas osé empêcher le traître de sortir pour exécuter la trahison?

JUDAS

Oui, tu as raison. Je ne comprends pas pourquoi.

L'ÉTRANGER

Et toi, qu'as-tu dit?

JUDAS

Je n'ai pas pu dire un mot... J'étais comme un homme foudroyé... Il m'a fait signe : je me suis approché de lui. Alors, il m'a dit à voix basse : « Ce que tu as à faire, fais-le vite. » Je suis sorti à reculons. Dehors, il faisait nuit.

L'ÉTRANGER

Et il ne t'a pas dit ce que tu avais à faire?

JUDAS

Mais je n'avais rien à faire! Le repas de la Pâque était servi, et rien ne manquait.

L'ÉTRANGER

Ainsi, il t'accuse de le trahir, et il te conseille de le trahir le plus tôt possible. Je ne comprends pas.

JUDAS

Moi non plus. Il est souvent difficile de le comprendre.

L'ÉTRANGER

Les prophètes sont toujours un peu obscurs...

JUDAS

Il est bien plus qu'un prophète.

L'ÉTRANGER

Qui peut être plus qu'un prophète?

JUDAS *(il hésite, puis il parle à voix basse)*

L'envoyé de Dieu. Le Fils de Dieu. Le Messie. Voilà. Je l'ai dit. Il est venu avant le Jugement, et il va bientôt se révéler.

L'ÉTRANGER

Le Messie?

JUDAS

Je te le dis en vérité.

L'ÉTRANGER

En vérité, je ne peux pas te croire...

JUDAS

Alors, tu ne peux pas me conseiller.

L'ÉTRANGER

Ecoute, s'il était celui que tu dis, il connaîtrait le fond de ton cœur...

JUDAS

Il le connaît certainement : il entend les pensées des hommes.

L'ÉTRANGER

Il sait donc, s'il est vraiment le Messager, que tu n'as jamais eu l'intention de le livrer?

JUDAS

Sans aucun doute il le sait, puisque c'est la vérité.

L'ÉTRANGER

Alors, ses dernières paroles n'ont aucun sens...

JUDAS

Les dernières paroles, il les a dites à voix basse, pour moi seul. Comme un secret... Les autres ne les ont pas entendues.

L'ÉTRANGER

Il y a là un mystère... *(Il réfléchit.)* Il faut examiner les mots. « Un de vous doit me trahir. » Cela peut vouloir dire : « Un de vous me trahira » ou bien : « Un de vous a l'intention de me trahir. »

JUDAS

C'est très clair.

L'ÉTRANGER

Non, ce n'est pas très clair. Parce que cela peut vouloir dire aussi : « Il faut que l'un de vous me trahisse » ou encore : « Un de vous a le devoir de me trahir. »

JUDAS

Comment la trahison serait-elle un devoir?

L'ÉTRANGER

Es-tu absolument sûr que cet homme soit... celui que tu dis?

JUDAS

Je le dis parce que je le sais, et je le sais parce que je l'ai vu. Oui, j'ai vu marcher les paralytiques, j'ai vu tomber les croûtes des lépreux, j'ai vu se rallumer les yeux blancs des aveugles. A Cana, avec un panier de poissons, que portait Pierre, et un panier de pain, que je portais, il a nourri cinq mille personnes... Un jour, il a maudit un très gros figuier, et l'arbre a séché sous nos yeux!

L'ÉTRANGER

S'il est le Messie, c'est un ordre qu'il t'a donné. Une mission qu'il t'a confiée.

JUDAS

Comment la trahison serait-elle un devoir?

L'ÉTRANGER

C'est un devoir de le livrer s'il est venu pour accomplir les Ecritures. Et le prophète a même annoncé le prix de la trahison : trente deniers d'argent!

JUDAS *(pensif)*

Je l'ai cru parfois mais je repoussais cette idée, parce que les Ecritures sont bien cruelles...

L'ÉTRANGER

Ce n'est pas à nous de juger les plans de l'Eternel... En parlant de celui qui doit venir, Isaïe a dit : « On le maltraite, et il accepte la souffrance... »

JUDAS

« Il n'ouvre pas la bouche, c'est un agneau qu'on mène à l'abattoir. » Tu crois qu'il parlait de Jésus?

L'ÉTRANGER

Je ne sais pas, mais je sais qu'il parlait du Messie. Et Zacharie a dit : ...

JUDAS

... « Il sera mis au rang des criminels... »

L'ÉTRANGER

Et n'a-t-il pas dit lui-même : « Il faudra que je souffre! Il faudra que j'aille à Jérusalem pour y être crucifié »?

JUDAS

Oui, il nous l'a dit plusieurs fois. Mais pourquoi?

L'ÉTRANGER

Il le sait, et Dieu le sait... Et puis, la tragédie n'irait certainement pas jusqu'au bout.

JUDAS

Que veux-tu dire?

L'ÉTRANGER

Pour sonder le cœur d'Abraham, l'Eternel lui ordonna d'égorger son fils. Mais au moment où le père tremblant approchait le couteau de la gorge tendue, Dieu remplaça l'enfant par un agneau. Celui qui a épargné le fils de l'homme, crois-tu qu'il permettrait le supplice de son propre fils? Si Jésus est le Messie, les Ecritures disent qu'il doit être livré. Et pour cette mission, c'est toi qu'il a choisi...

JUDAS

Pourquoi moi plutôt qu'un autre?

L'ÉTRANGER

Parce que tu es le plus intelligent des apôtres.

JUDAS

Moi? L'esprit de Pierre est cent fois meilleur que le mien.

L'ÉTRANGER

Alors, tu es le plus fidèle et le plus dévoué...

JUDAS

Tous mes frères lui sont dévoués jusqu'au fond du cœur.

L'ÉTRANGER

Mais toi, tu es l'homme d'action. C'est toi qui as la bourse commune... C'est toi qui choisis le campement. Enfin, pour les choses terrestres, le chef des apôtres, c'est toi.

JUDAS

Pour les choses terrestres, je suis sans doute son premier serviteur.

L'ÉTRANGER

Mais cette mission auprès des Romains, n'est-ce pas une chose terrestre?

JUDAS

Non, ce n'est pas possible, non. Si c'est un ordre qu'il a donné, pourquoi ne l'a-t-il pas fait ouvertement, devant mes frères les apôtres?

L'ÉTRANGER

N'y a-t-il pas eu de petites querelles entre vous?

JUDAS

Oui, bien souvent pour des questions de préséance. Moi, je n'y ai jamais pris part, j'avais bien autre chose à faire.

L'ÉTRANGER

Ceux qui étaient jaloux de ta place à table, pense à leur colère et à leur chagrin s'ils avaient su l'importance du rôle que Jésus vient de te confier.

JUDAS

Ainsi, toi-même, tu crois que je dois le livrer? Tu disais pourtant ce matin que la trahison est infâme.

L'ÉTRANGER

Je te l'ai dit, et je le crois toujours. Mais livrer à des hommes le Fils du Tout-Puissant qui le désire et l'ordonne, c'est obéir et servir le Maître qui t'a choisi... S'il est celui que tu me dis, ton devoir est de le livrer. *(Un temps.)* Moi, à ta place, j'hésiterais : je ne suis pas très sûr de sa divinité... Finalement, ce n'est pas mon affaire, et j'ai parlé peut-être un peu trop librement – car j'envisage tout ce qui est possible, mais sans pouvoir rien affirmer – et cette décision que tu vas prendre, elle me paraît si grave pour toi que peut-être j'aurais mieux fait de me taire.

JUDAS

C'est à Dieu qu'il faut demander conseil... *(Il va s'agenouiller dans un coin. L'étranger le regarde de loin, et l'on voit par moments passer sur son visage l'ombre d'un sourire.)* Notre Père, qui êtes aux cieux, ayez pitié de votre enfant misérable... Eclairez les ténèbres qui m'écrasent, protégez-moi des embûches de Satan. Seigneur, envoyez-moi un signe de votre volonté, et je l'accomplirai humblement par respect pour votre puissance, et par amour pour votre Fils... *(Il se lève.)* Ma décision est prise. Je retourne auprès de Jésus. S'il me répète les mêmes paroles, je comprendrai.

Il rattache ses sandales.

L'ÉTRANGER

Je ne sais pas si c'est une bonne idée.

JUDAS

Pourquoi ?

L'ÉTRANGER

S'il sait que tu hésites, il te remplacera.

La porte s'ouvre brusquement. Le centurion paraît. Il est suivi de soldats qui portent des torches, et de prêtres en longues robes. Le centurion s'élance vers les deux hommes.

SCÈNE IV

LE CENTURION

En voilà deux! Est-ce que c'est ça?

Un prêtre, qui paraît être le chef des autres, s'avance. Il examine l'étranger.

CAIPHE

Celui-là n'est pas de la bande. Ils sont tous plus jeunes que lui. *(Il examine Judas.)* Mais celui-là est sans doute...

JUDAS

Si tu cherches Judas l'Iscariote, c'est moi.

CAIPHE

Où sont les autres?

JUDAS

Je ne te le dirai pas, parce que tu veux leur faire du mal.

LE CENTURION

Ça commence bien. Mettez-lui les fers.

Pendant que les soldats enchaînent Judas.

L'ÉTRANGER

Voilà peut-être le signe que t'envoie l'Eternel.

LE CENTURION

Qu'est-ce qu'il raconte, celui-là? Et d'abord, qui es-tu?

L'ÉTRANGER

Un passant du désert, seigneur, qui a reçu l'hospitalité de son frère.

LE CENTURION

Bien, fouillez la baraque, et tout le monde en bas.

Les soldats s'élancent vers les portes. Le centurion avise sur la table un grand plat qui contient des os de l'agneau. Il appelle Caïphe.

LE CENTURION

Regarde! Ils ont croqué un agneau tout entier! Il y avait des galavards ici tout à l'heure!

CAIPHE

Ils ont dû célébrer la Pâque, mais avec qui?

JUDAS

Ceux de ma famille, et sans doute les voisins.

On voit sortir de chaque porte des gens mal éveillés et terrorisés, que les soldats poussent à coups de pied.

LE CENTURION

Contre le mur, et pas un mot! *(Tous s'alignent contre le mur. Le dernier qui sort du grenier, c'est Simon, effaré. Le centurion va à sa rencontre, menaçant.)* Celui-là, c'est son père... Une vieille canaille qui fait l'innocent... Ça ment comme ça respire. Ce matin, il m'a eu jusqu'au trognon. *(Il le prend par la barbe.)* Hein, vieux couillon? Si on la brûlait, ta baraque?

SIMON *(épouvanté)*

Seigneur commandant, je te jure qu'il n'était pas caché ici.

LE CENTURION

Quoi?

SIMON

Quand tu es venu ce matin, il n'était pas là, seigneur commandant.

JUDAS

Je suis arrivé après ton départ.

CAIPHE

D'ailleurs, ça n'a plus d'importance. Nous l'avons, cela nous suffit.

SIMON

Et puis, je ne mentirais pas devant les pontifes qui représentent l'Eternel. Le vieux Simon est un bon Juif, seigneur. Je dirai tout ce que je sais. D'abord quand il était petit...

LE CENTURION

Quand il était petit, il faisait des cruches comme des coucourdes. Mais ce n'est pas ça qui nous intéresse. Où est le Jésus? *(Il examine les frères et les voisins.)* Je ne vois pas de blond.

CAIPHE

Il n'est pas ici, ni aucun des autres. *(A Simon.)* Où sont-ils?

SIMON

A Jérusalem. Il n'a pas voulu rester ici pour la Pâque. Il est allé la faire avec eux, à Jérusalem...

CAIPHE

Dans quelle maison?

SIMON

Chez le percepteur.

CAIPHE

Lequel?

SIMON

Il va te le dire, seigneur... Allons, mon fils, quand le Temple interroge, un bon Juif doit répondre franchement.

CAIPHE

Sais-tu qui je suis?

JUDAS

Tu es Caïphe, le grand prêtre.

SIMON

Quel honneur pour cette pauvre maison!

CAIPHE

La demeure de l'homme pieux est aussi belle que le Temple. *(A Judas.)* Ecoute bien : si tu nous dis où est Jésus, je te promets la vie sauve et la liberté.

UN PRÊTRE

Et pour t'établir dans la vie, nous te donnerons une belle somme d'argent. Dis-nous seulement...

LE CENTURION

Pardon... il s'agit pas de nous *dire* où il est. Il s'agit *de nous y mener,* et de nous le faire voir. Moi, je ne lâche pas cet oiseau-là tant qu'on n'a pas embarqué l'autre. *(A Judas.)* Entends bien ce que je te dis : dès que le barbu est coffré, je te renvoie chez tes parents.

SIMON

Tu vois, mon fils, ils sont d'accord.

L'ÉTRANGER

Ce que tu dois faire, fais-le vite.

LE CENTURION

Oui, c'est ça. Fais-le vite. Parce que, moi, cette histoire, ça commence à me courir. J'en ai assez d'habiter sur un chameau. Alors, ou tu parles, ou on t'attache sur la table de famille, et ça commence pour de bon.

Il a fait claquer le fouet qu'il vient de prendre à un soldat. Judas se tait. Caïphe retient le fouet.

CAIPHE

Il se laisserait tuer sans rien dire. Laisse-moi parler

à sa raison, et à son cœur. Permets qu'on lui ôte ses fers. *(Le centurion hausse les épaules et fait un signe. Le décurion détache les chaînes.)* Judas, tu es d'une famille honorable.

SIMON

Pauvre, mais honorable : tu l'as dit.

CAIPHE

Ne sois pas la honte des tiens.

L'ÉTRANGER

Ce que tu dois faire, fais-le vite!

CAIPHE

Ne crois pas que nous ayons l'intention de mettre à mort ton ami. Le tribunal du Temple désire l'entendre, afin qu'il nous précise sa doctrine. Et même si son enseignement sur certains points est contraire à la Loi, il n'aura qu'à faire amende honorable, et tout sera dit.

SIMON

Tu vois qu'il ne faut qu'un peu de bonne volonté. Tout ça est très simple... Et ils vont te donner de l'argent!

L'ÉTRANGER

Ce que tu dois faire, fais-le vite!

JUDAS

Non, je ne parlerai pas.

LE CENTURION

Bon. Ici, on n'a pas l'outillage pour faire du

travail sérieux. On va l'emmener à la forteresse, dans la salle des confidences. Allons-y.

Les soldats s'avancent. Simon se jette aux pieds du centurion.

SIMON

Seigneur centurion, au nom de sa mère...

CAIPHE

Il a encore sa mère? Où est-elle?

SIMON

La voilà, seigneur, avec Rébecca sa fiancée.

CAIPHE *(au centurion)*

Centurion, avant d'emmener ce pauvre égaré, permettons-lui de faire ses adieux à ces femmes qui l'ont aimé, et qui le voient peut-être pour la dernière fois... *(Les femmes gémissent.)* Veux-tu leur permettre de lui parler?

LE CENTURION

C'est une idée généreuse. Surtout que, si elles le revoient après, je ne sais pas si elles le reconnaîtront.

La mère et Rébecca s'avancent vers Judas, qui les prend dans ses bras. Elles sanglotent.

JUDAS

Adieu, ma mère, adieu, ma sœur. Il faut que je cède à la force. Pourtant, ne désespérez pas : malgré les chaînes et les fouets, ils ne peuvent rien contre nous.

LA MÈRE

Ils peuvent t'emporter, te fouetter, te tuer. Voilà ce qu'ils peuvent.

JUDAS

Mère, il y a une Puissance du Ciel...

RÉBECCA

Mais nous ne sommes pas au ciel. Mon bien-aimé, si tu nous aimes, il faut que tu parles, il faut que tu dises où il est.

JUDAS

Je suis peut-être chargé de le dire, mais je n'en ai pas le courage. Et pourtant, si ceux-là *(il montre les prêtres)* savaient ce que je sais, ils trembleraient au seul nom de Jésus.

RÉBECCA

Au seul nom de Jésus, c'est nous qui tremblons. Est-ce qu'il ne t'a pas fait abandonner celles qui t'aiment plus que la vie? Ce matin, tu nous enseignais « Aimez-vous les uns les autres ». Alors, les mères et les femmes, ce n'est ni les uns ni les autres?

JUDAS

Je vous aime toutes les deux, mais d'une tendresse éternelle, parce que je vous aime en Jésus-Christ...

RÉBECCA

Moi, je t'aime en toi, parce que tu es toi.

LA MÈRE

Moi, je t'ai aimé dans mon ventre, et ce charpentier de malheur, que le tonnerre l'écrase! Il n'y a pas besoin de charpentier pour s'aimer dans une famille, et pour vivre selon la Loi...

JUDAS

Hélas, vous n'êtes que des femmes et la chair vous empêche de comprendre...

RÉBECCA

Si c'est toi qui me parles, je comprendrai! Si j'entends rire nos enfants, je comprendrai! Mais si tu préfères mourir, pour ton rabbi, moi aussi je mourrai sans avoir rien compris! Tu auras peut-être sauvé les autres, mais, moi, tu ne m'auras pas sauvée...

LA MÈRE

Judas, mon enfant, fils de ma jeunesse, fils de ma beauté disparue, si ces Romains te prennent la vie, tes frères me trouveront morte au fond du puits.

RÉBECCA

Tu as parlé d'un secret tout à l'heure... Oui, tu as dit que, s'ils savaient, ils trembleraient au seul nom de Jésus...

LA MÈRE

Si tu peux les faire trembler, pourquoi fais-tu pleurer ta mère?

JUDAS

Il ne s'agit ni de toi, ni de moi, ni de bonheur terrestre. Nous ne sommes que des grains de sable, et le vent du désert rugit cette nuit... Pourtant, je puis encore essayer quelque chose... *(Il se tourne vers les prêtres.)* Caïphe, à tous ces hommes et à toi-même, il faut que je dise la vérité.

LE CENTURION

Enfin!

CAIPHE

Nous t'écoutons.

JUDAS

Mon Maître ne m'a pas chargé de vous faire la Révélation, mais il ne me l'a pas défendu, et il me semble que vous avez le droit de savoir. Caïphe, celui que tu poursuis de ta haine, c'est le Messie.

SIMON *(affolé)*

Seigneur, pardonne-lui ce blasphème. Il aime tellement ce charpentier que pour lui...

Caïphe sourit, et lui fait signe de se taire.

CAIPHE

Et ensuite?

JUDAS

Le Messie promis par les Ecritures, l'Envoyé de la Toute-Puissance, il est aujourd'hui sur la terre, et il a pris le nom de Jésus-Christ. *(A tous.)* Oui, mon Maître Jésus, c'est le Messie.

CAIPHE

Ça n'en fait jamais qu'un de plus. Mon père, Hanna, en a connu quatre, qui furent correctement fouettés et lapidés. Pour moi, le tien n'est encore que le second.

JUDAS

Ecoute : j'ai vécu trois ans près de lui. J'ai vu les miracles.

CAIPHE

Ils en font tous.

JUDAS

Aucun, jamais, n'a pu ressusciter les morts... Devant mes yeux, Jésus a rendu la vie à la fille de Jaïre... Et il a ressuscité Lazare, qui pourrissait depuis trois jours dans le tombeau.

SIMON

Tu l'as vu?

JUDAS

Je l'ai vu, je l'ai touché, j'ai senti l'odeur du cadavre. Le soir même, Lazare dînait avec nous, entre ses sœurs Marthe et Marie.

CAIPHE

Tableau de famille touchant!

SIMON

Est-ce que tu as d'autres preuves? Est-ce que tu l'as vu descendre du ciel dans une auréole de flamme?

JUDAS

Je l'ai vu s'avancer vers nous dans la lumière de l'amour.

THADÉE

Est-ce qu'il est le vengeur que l'Eternel nous a promis?

SIMON

Allons donc! Le Messie tiendra dans sa main le feu du ciel, la foudre, le tonnerre... Il dissipera les armées par un seul froncement de sourcil. Et le tien va se cacher dans la cave du percepteur parce qu'il a peur de la police!

LE CENTURION

Il a peut-être une crampe au sourcil.

CAIPHE

Simon, pour ton fils, il est le Messie. *(A Judas.)* Tu en es sûr?

JUDAS

J'en suis sûr.

CAIPHE

Alors, que risque-t-il de nous? Dis-nous en quel endroit il nous attend pour nous foudroyer ou nous convertir. Laisse-moi le voir et l'interroger.

JUDAS

C'est lui qui interrogera.

CAIPHE

Je suis tout prêt à lui répondre.

JUDAS

Pourquoi viens-tu avec des soldats et des armes?

CAIPHE

Que peuvent ces armes contre le Messie? Ceux qui les portent, dès qu'ils le verront, vont peut-être les laisser tomber en pleurant!

LE CENTURION

Comptez là-dessus.

L'ÉTRANGER

Ce que tu as à faire, fais-le vite!

CAIPHE

Si tu as peur pour lui, c'est que tu n'y crois pas.

UN PRÊTRE

Si tu le caches, tu le renies.

UN PRÊTRE

Tu as peur qu'il ne soit qu'un homme...

RÉBECCA

Si c'est un homme, il t'a trompé. Et s'il est Dieu, qu'il se débrouille!

L'ÉTRANGER

Ce que tu as à faire, fais-le vite!

LE CENTURION

Moi, j'en ai assez! Maintenant, choisis : d'un côté le fouet et peut-être la croix. De l'autre, la liberté et de l'argent. *(Au prêtre.)* Montrez-lui quelques pièces d'argent. C'est peut-être ce qu'il attend!

CAIPHE

Voici deux mille deniers en pièces d'or.

SIMON *(bouleversé)*

En pièces d'or! *(Il s'approche, il veut prendre les pièces brillantes.)* Seigneur, je vais les mettre en sûreté!

JUDAS

N'y touche pas!

L'ÉTRANGER

Ce sont des pièces d'argent qu'il lui faut.

CAIPHE

Pourquoi?

JUDAS

Pour accomplir les Ecritures. Car le Prophète a dit : « Ils ont donné trente pièces d'argent, prix de celui qui a été mis à prix par les enfants d'Israël. »

CAIPHE

« Et ils les ont données au potier, comme le Seigneur l'a ordonné. » Il est vrai que c'est un verset de Jérémie. Mais où est le potier?

L'étranger montre Judas

JUDAS

Avant d'être apôtre, j'étais potier.

SIMON

Et tu crois que l'on parle de toi dans les Livres Saints?

L'ÉTRANGER

Pourquoi n'en parlerait-on pas?

CAIPHE

Accomplissons donc les Ecritures. Donnez-lui trente pièces d'argent!

JUDAS

Trente pièces d'argent d'un denier, si vous les avez, ce sera le signe, et je ne pourrai plus douter.

Les prêtres fouillent leurs bourses, mais le vieux Simon s'agite.

SIMON

Mais non, seigneur, ça serait malhonnête! On n'a pas un bon âne pour ce prix-là! Trente deniers pour un homme qui se croit le Messie! *(A Judas.)* Ça n'est guère honorable pour ton ami de le vendre au prix d'un âne boiteux!

Pendant cette réplique, les prêtres ont fouillé leurs bourses.

UN PRÊTRE

En voici quatre.

CAIPHE

En voici cinq.

UN AUTRE PRÊTRE

En voilà six, qui font quinze.

UN AUTRE PRÊTRE

Et sept, qui font vingt-deux!

UN AUTRE PRÊTRE

Et six, qui font vingt-huit.

JUDAS

Il en faut trente!

CAIPHE

Au Temple, nous te donnerons le reste.

JUDAS

Non, Caïphe, c'est ici, et c'est maintenant. Il en faut trente.

LE CENTURION

En voilà une. *(A Caïphe.)* Mais tu me la rendras!

CAIPHE *(au centurion)*

Je te donnerai une pièce d'or. Ça fait vingt-neuf!

JUDAS

Où est le trentième?

LE CENTURION

On t'offre la vie sauve, on te laisse la liberté, et tu chicanes pour un denier?

JUDAS

C'est le dernier qui compte le plus, parce qu'il est le signe de Dieu. Vous ne l'avez pas?

L'ÉTRANGER

Le voici! Ce que tu as à faire, fais-le vite!

Il a donné le denier à Caïphe, qui compte la somme.

CAIPHE

Voici ce que tu as demandé.

JUDAS *(il prend l'argent)*

Bien. Père, je veux te dire la parole de mon Maître : « Vous ne savez pas maintenant ce que je fais, mais vous le saurez par la suite. » *(Il se retourne vers Caïphe.)* Caïphe, je te parle une dernière fois : je suis Juif comme toi, et je voudrais sauver les enfants d'Israël. As-tu bien réfléchi? As-tu mesuré ta responsabilité? Toi qui veux porter la main sur le Messie, ne crains-tu pas la vengeance de l'Eternel?

CAIPHE

L'Eternel est ma force et mon courage. Je l'ai toujours servi fidèlement et en faisant ce que je fais, je crois le servir. *(Il montre les prêtres.)* Tous ceux-ci pensent comme moi.

SIMON

Et ils ne peuvent pas se tromper!

L'ÉTRANGER

Ce que tu as à faire, fais-le vite!

LE CENTURION

Oui, fais-le vite ; ça fait un moment qu'on parle pour ne rien dire. Allons-y.

Un soldat s'avance avec les fers.

JUDAS

Il n'est pas nécessaire de me charger de fers. Les chaînes d'or des prophéties sont rivées autour de mon cou. Adieu, mon père, adieu, ma mère, adieu, tous les miens. Donnez-moi une lanterne claire, celle du cellier de mon père. Ce qui commence cette nuit, c'est le Jugement! Allez vous mettre en prière dans la vigne, et levez les yeux vers le ciel. Ce que vous allez voir paraître, je vous le dis en vérité, c'est la face de l'Eternel.

ZABULON

Judas, je veux t'accompagner.

JUDAS

Non, reste auprès de ceux-ci, et prends soin de notre mère. Fais-lui redire la Prière du Sauveur...

RÉBECCA

Vous le ramènerez avant le jour?

LE CENTURION

Non, ma cocotte. Nous aurons autre chose à faire... Et puis, avec ses longues jambes, il peut bien revenir tout seul.

L'un des frères apporte une lanterne allumée.

LE FRÈRE

J'ai mis de l'huile jusqu'au bord, elle éclairera ton retour.

CAIPHE

Tu crois qu'ils dorment à Jérusalem?

JUDAS

Non. Maintenant, ils n'y sont plus. Ils dorment sur une colline dans un campement que j'ai préparé.

LE CENTURION

Ça va se passer en plein air? J'aurais mieux aimé une maison ou une ferme.

JUDAS

Ne crains rien, il ne fuira pas. Lorsque nous serons sur le plateau, vous resterez en arrière, et ma lumière vous guidera. Et quand j'arriverai près de Jésus endormi, je m'agenouillerai près de lui, je l'éveillerai en lui touchant l'épaule, afin que le Seigneur me reconnaisse ; et il se lèvera sur ses pieds. Alors, en signe d'amour et d'obéissance, je lui donnerai le baiser de paix. Ce sera le moment de vous approcher de lui, et que l'Eternel ait pitié de vous.

CAIPHE

Judas, tu agis en bon Juif. Tu fais ton devoir. Tu obéis au Temple. Tu ne le regretteras pas.

JUDAS

Caïphe, je fais ce que je dois faire, mais ce n'est pas à toi que j'obéis. Allons, il est temps!

Judas sort le premier. Les soldats le suivent. Le décurion se rapproche du centurion.

LE DÉCURION

Vaudrait peut-être mieux lui mettre les fers?

LE CENTURION

Oh, y a pas de danger!

LE DÉCURION

Tu sais, dehors, c'est grand et c'est noir... Et s'il fout le camp?

LE CENTURION

On lui mettra les chiens aux fesses, et tout ce qu'il en restera ça ferait pas le quart d'un pot-au-feu. *(Ils vont sortir. Sur la porte, le centurion se retourne.)* S'il y en a qui vont dans la vigne et qu'ils voient la face de l'Eternel, donnez-lui bien le bonjour de ma part.

Il sort en riant, pendant que le rideau descend.

ACTE III

Chez Ponce Pilate.

Une petite salle dans le palais. Au fond, une grande baie donne sur des jardins. Trois marches conduisent à une terrasse. De chaque côté de la baie, un légionnaire en armes.

SCÈNE PREMIÈRE

Autour d'une table basse, trois hommes à demi couchés mangent des fruits de mer et boivent du vin. Deux esclaves les servent en silence. Ces trois hommes sont Ponce Pilate, procurateur de Judée, le général Marphurius, qui est une grande brute, et le Grec Phocas.

PILATE

On m'avait dit que tu étais mort!

PHOCAS

Je sais que ce mauvais bruit a couru. Et tu l'as cru?

PILATE

Oui, car tu étais en faveur auprès de notre maître bien-aimé, César Tibère, et ses favoris ne durent pas longtemps...

PHOCAS

Je le sais aussi – et c'est pourquoi je lui ai persuadé de m'envoyer ici en mission pour inspecter les troupes du général, et lui en faire un rapport.

MARPHURIUS

J'ai compris tout de suite que tu es venu pour m'emmerder.

PHOCAS

Ne crois pas ça. Le rapport, c'est toi qui le feras. Je ne suis ici que pour échapper pendant deux ou trois mois aux fantaisies de notre maître bien-aimé, César Tibère. C'est d'ailleurs pour la même raison que notre cher Ponce Pilate a accepté ce proconsulat de Judée, où il doit s'ennuyer à périr!

PILATE

Non, je n'ai pas le temps de m'ennuyer. Ces Juifs sont insupportables. Chaque jour, survient une nouvelle histoire.

MARPHURIUS

Les histoires, si tu me laissais faire, elles seraient vite réglées, car tous nos ennuis viennent du Temple. Si tu me confiais le grand prêtre pour deux ou trois heures, il changerait de langage en même temps que de peau.

PILATE

Je ne sais pas si ce procédé serait approuvé par notre maître bien-aimé, César Tibère.

MARPHURIUS

Qu'en saurait-il?

PILATE

Les Juifs ont des intelligences à la cour de Rome. Pour de petites choses, je m'en suis aperçu plusieurs fois, et c'est pourquoi je les ménage. Ce matin, à la première heure, mon centurion est venu me dire que le grand prêtre lui avait demandé d'arrêter un individu qui parlait au peuple, et qu'il fallait le juger tout de suite.

PHOCAS

Un agitateur?

PILATE

Je ne crois pas. Une de leurs histoires de religion. Et comme le centurion m'a dit que cet homme venait de Galilée, je l'ai chargé de répondre que dans ce cas cette affaire regardait notre ami Hérode qui est le tétrarque de Galilée, et qui est justement ici pour la Pâque. Cette solution présente trois avantages. D'abord, je ne m'en mêle pas. Puis, je puis partir pour la pêche aux murènes dans une demi-heure, et ensuite, je fais plaisir à Hérode, qui se plaint de n'être jamais consulté. Et, d'autre part...

Une femme pâle et nerveuse entre soudain. Elle va droit au proconsul. C'est sa femme Claudia, suivie d'une servante effrayée.

SCÈNE II

CLAUDIA

Pilate, je t'en supplie, ne juge pas cet homme... C'est un juste... Je t'en supplie!

PILATE

De qui parles-tu?

CLAUDIA

Je viens de faire un rêve horrible... C'est un avertissement des dieux... car il est revenu deux fois... J'ai rêvé que j'étais à la fenêtre de ma chambre, et qu'il y avait des soldats qui s'avançaient dans le jardin... Ils amenaient un prisonnier tout blanc...

PILATE

Ceci est étrange.

CLAUDIA

Cet homme brillait dans la nuit, et il y avait autour de sa tête comme une lumière ronde, une lumière couleur d'or.

MARPHURIUS

Ça, c'est parce que tu m'as vu hier avec mon casque doré, pendant la revue, en plein soleil.

PILATE *(il est très vivement intéressé)*

Tais-toi! *(A Claudia.)* Continue!

CLAUDIA

Et après il y a eu plusieurs coups de tonnerre et j'ai entendu les voix d'une foule. Cet homme était pendu sur une croix parce que tu l'avais condamné. Il y avait des gens qui riaient, et des femmes qui pleuraient au pied de la croix, et un mendiant aveugle qui chantait...

MARPHURIUS

Tout ça n'est pas encore extraordinaire.

PILATE

Ni particulièrement tragique. Pour les coups de tonnerre, tu n'as pas rêvé. Je les ai entendus, moi aussi.

PHOCAS

Et moi aussi. L'orage a duré près d'une heure.

CLAUDIA

Je me suis approchée... L'image de l'homme blanc s'est troublée, et, à sa place sur la croix, c'était toi!

PILATE

Moi?

MARPHURIUS

Ça m'étonnerait! *(Il s'esclaffe.)*

CLAUDIA

Le peuple te lançait des pierres, et toi, tu pleurais sur la croix, cloué jusqu'à la fin du monde. Comment peux-tu expliquer ce rêve?

PILATE

Je pense que l'orage a troublé ton sommeil, il est pourtant vrai que, ce matin, les soldats m'ont amené ce prisonnier...

CLAUDIA

Il faut le relâcher tout de suite!

PILATE

Rassure-toi. Je l'ai envoyé à Hérode, et ce n'est pas moi qui le jugerai. Je pars tout à l'heure pour les îles, et je ne reviendrai que demain. N'aie pour moi aucune inquiétude et va te baigner en paix...

CLAUDIA

Cet homme n'est pas de la terre, malheur à celui qui le jugera!

Elle sort.

SCÈNE III

MARPHURIUS

Les rêves des femmes sont toujours étranges, et celui-là est particulièrement inconvenant!

PILATE

Bien entendu, je n'y crois pas, mais il est surprenant qu'elle ait vu cet homme tout blanc.

PHOCAS

Il est possible qu'elle soit sortie de son lit sans s'éveiller, et qu'elle l'ait vu véritablement...

Entre le chef d'équipage de la galère de Pilate.

LE CHEF D'ÉQUIPAGE

Seigneur, le vent contraire vient de tomber, mais il serait bon de partir assez vite.

PILATE

Bien. Nous arrivons dans un instant. *(Au général.)* Général, je te laisse le soin de surveiller la ville. Le jour de la Pâque est toujours assez agité. Fais surveiller le Temple.

MARPHURIUS

J'y ai déjà mis des piquets de garde. Il y a un grand nombre de pèlerins, mais ils chantent...

Entre un serviteur.

PILATE

Qu'y a-t-il?

LE SERVITEUR

Seigneur, le tétrarque de Galilée te demande audience.

PILATE

Il vient certainement me parler de cette affaire.

Il fait un signe au serviteur qui sort.

PHOCAS

Il vient t'apporter la sentence qu'il a rendue, et tu seras forcé de la confirmer, puisqu'il a jugé par ton ordre !

Entre le tétrarque Hérode. C'est un homme grand et fort, au type sémite très accusé. La barbe noire et frisée, des anneaux d'or aux oreilles, des bracelets, des bagues. Sa robe est d'une richesse orientale. Il entre avec noblesse, mais en souriant.

SCÈNE IV

HÉRODE

Salut au proconsul de Judée !

PILATE

Salut au tétrarque Hérode Antipas !

HÉRODE

Ton serviteur et ton ami !

PILATE

Je crois autant à ton amitié qu'à ton obéissance.

HÉRODE

C'est un grand honneur que tu me fais. *(Il regarde autour de lui.)* Je vois que tu prépares une partie de pêche.

PILATE

Oui. Nous allons partir tout à l'heure pour les îles, et si tu veux nous accompagner...

HÉRODE

Je te remercie, Pilate, mais c'est aujourd'hui la fête de la Pâque, et la religion m'interdit les amusements frivoles vers lesquels je ne suis que trop porté. D'ailleurs, je crains bien que les devoirs de ta charge ne t'empêchent d'aller toi-même aux murènes aujourd'hui.

PILATE

C'est justement à cause de la Pâque que je laisse volontiers Jérusalem aux Juifs.

HÉRODE

Mais les Juifs ne peuvent guère se passer de Pilate, leur proconsul bien-aimé et tout-puissant. Les prêtres sont là.

PILATE

Que me veulent-ils?

HÉRODE

Ils te ramènent ton prisonnier, Jésus, fils de Joseph.

PILATE

Tu n'as pas réglé cette affaire?

HÉRODE

Et qui suis-je, moi, pour rendre la justice à Jérusalem?

PILATE

Tu es le tétrarque de Galilée et, comme ce Jésus est un Galiléen, j'ai pensé que tu l'entendrais plus équitablement que moi.

HÉRODE

Si la très sincère amitié que j'ai pour toi n'était pas tempérée par un profond respect, je me permettrais de te dire qu'elle est bien bonne.

MARPHURIUS

Seigneur tétrarque! Tu veux nous empêcher d'aller à la pêche!

HÉRODE

Général, tu es un grand défenseur de la discipline, et tu devrais comprendre qu'il m'est impossible de dépasser les limites que César Tibère, notre maître, a daigné me tracer. Si j'étais roi, comme le fut mon père, je déciderais moi-même du sort de mes sujets. Mais tu sais bien qu'à Jérusalem, je ne suis rien, qu'un Juif qui vient célébrer la Pâque. Et en Galilée même, je ne suis pas grand-chose. Une façade, une sorte de figurant...

MARPHURIUS

Il a raison.

HÉRODE

Cet état de choses convient d'ailleurs à ma paresse naturelle. Je ne réclame rien, Pilate!

PILATE

C'est bien ainsi que je l'entends!

HÉRODE

C'est pourquoi je m'étonne que le proconsul fasse appel à mon autorité dérisoire, lorsqu'il s'agit d'une affaire qui est peut-être particulièrement délicate.

PILATE

Pourquoi?

HÉRODE

Parce que les prêtres s'en occupent.

Un silence assez long.

PILATE

Que penses-tu de ce Jésus?

HÉRODE

C'est un rabbi errant, qui n'est pas d'accord avec le Temple.

PILATE

Rien de plus. Aux yeux de la loi romaine, je n'ai rien à lui reprocher. Si toi, de ton côté, tu refuses de le condamner...

HÉRODE

Je ne refuse pas de le condamner, je refuse de le juger. Ce n'est pas la même chose.

PILATE

Et tu persistes dans ce refus?

HÉRODE

Je t'ai dit mes raisons.

PILATE

Je vais donc donner l'ordre de le remettre en liberté.

HÉRODE

Caïphe et les prêtres sont devant ta porte. Tu devrais les recevoir pour leur annoncer ta généreuse décision.

PILATE

Je n'ai pas de comptes à rendre à Caïphe.

MARPHURIUS

Il ne manquerait plus que ça!

PHOCAS

Est-ce le grand prêtre lui-même qui demande une audience?

HÉRODE

Caïphe en personne, et les princes des prêtres.

PHOCAS *(à Pilate)*

Ne serait-il pas intéressant de savoir pourquoi ils veulent sa mort? Les murènes peuvent attendre, et ce Caïphe est peut-être plus redoutable que tu ne crois.

PILATE

Soit. Marphurius, va les chercher.

HÉRODE

Je vais les prévenir moi-même.

PILATE

Tu ne veux pas assister à l'entretien?

HÉRODE

Puisque tu m'y invites, je reviendrai avec eux. Mais je dois te dire qu'ils n'entreront pas dans cette salle. Ils resteront sur la terrasse.

PILATE

Oui, je sais : eh bien, ils y resteront.

PHOCAS

Pourquoi?

PILATE

Un Juif ne peut pas entrer dans la maison d'un Romain parce que cette maison est impure.

HÉRODE

De plus, considère qu'il s'agit de prêtres et que nous sommes au jour de la Pâque.

PHOCAS

Mais toi-même, tu es ici.

PILATE

Te voilà cruellement souillé.

HÉRODE

Moi, je ne suis pas prêtre, et je suis venu pour remplir un devoir. Je vais les chercher.

Il sort.

SCÈNE V

MARPHURIUS

Celui-là, c'est le faux frère le plus parfait que j'aie jamais vu! Il a parlé de sa paresse, mais je sais qu'il fait fabriquer des armes par les forgerons des villages.

PHOCAS

Pourquoi le permets-tu?

MARPHURIUS

Ordre du proconsul!

PILATE

Le mérite d'un proconsul, c'est de triompher d'une sédition.

PHOCAS

Et pour être sûr d'en triompher, il vaut mieux l'organiser soi-même.

PILATE

Tu l'as dit.

Sur la terrasse, Hérode paraît et s'efface pour laisser entrer une théorie de prêtres du Temple, revêtus de leurs ornements. En tête marche Caïphe, le grand prêtre. Ils s'arrêtent au bord des marches qui descendent de la terrasse dans la salle.

SCÈNE VI

CAIPHE

Seigneur, en ce saint jour de la Pâque, il ne nous est pas permis d'entrer dans la demeure de quelqu'un qui n'appartient pas à la religion de Moïse : j'espère que tu daigneras venir nous entendre sur cette terrasse.

PILATE

Je n'en ai pas envie, Caïphe : s'il ne t'est pas permis d'entrer, parle-moi d'où tu es, je te répondrai d'où je suis.

Les prêtres échangent des regards furieux. Le centurion rit dans un coin. Pilate enroule une ligne sur un rectangle de liège et, pendant toute la scène, il continuera à s'occuper de ses accessoires de pêche. Caïphe parle gravement.

CAIPHE *(solennel)*

Ponce Pilate, procurateur de Judée, auguste représentant de l'empereur César Tibère...

PILATE *(sèchement)*

Les cérémonies sont inutiles. Ce n'est pas une audience officielle, et c'est en ami que je vous reçois.

CAIPHE

L'affaire est pourtant d'une importance qui justifierait...

PILATE

Une audience officielle doit être sollicitée de la bonté du proconsul trois jours à l'avance. Et, d'autre part, j'aurais pensé que le jour de la Pâque, les prêtres du Temple avaient autre chose à faire que de venir me présenter des plaintes et des revendications. Je te reçois donc en privé et les propos que nous allons échanger ne seront pas ceux du proconsul, ni du grand prêtre. Y a-t-il un fait nouveau depuis cette nuit?

CAIPHE

Oui, seigneur. Le tétrarque a interrogé ce Jésus, puis il a refusé de le juger.

PILATE

Je le sais.

CAIPHE

Toi-même tu nous avais déjà dit que le crime de cet homme ne tombait pas sous le coup de la loi romaine. Nous venons donc te demander la permission d'exécuter la sentence qui a été rendue cette nuit par le sanhédrin.

PILATE *(il fronce les sourcils)*

Une sentence?

CAIPHE

Oui, seigneur. Le sanhédrin s'est réuni tout à l'heure en grande hâte. Il l'a jugé, il l'a condamné.

PILATE *(sèchement)*

Non. Le sanhédrin ne l'a ni jugé ni condamné.

CAIPHE

La sentence a été rendue à l'unanimité des juges.

PILATE

Quels juges? Tu veux dire à l'unanimité des prêtres. Ils ont peut-être condamné sa doctrine, mais ils ne pouvaient condamner cet homme. C'est Rome qui rend la justice. Et ici, Rome, c'est moi.

CAIPHE

C'est donc vers toi, seigneur, que nous venons pour la seconde fois, afin que tu entendes notre plainte, car tu n'as pas daigné l'écouter ce matin.

PILATE

Quel est le crime de cet homme?

UN PRÊTRE

Il répand dans le peuple de fausses et dangereuses doctrines.

UN AUTRE PRÊTRE

Notre enquête a démontré qu'il est le fils d'un charpentier de Nazareth, un nommé Joseph. Or, il prétend être le Messie, c'est-à-dire l'envoyé de Dieu sur la terre.

CAIPHE

Or, il est écrit dans nos Livres Saints...

PILATE

Or, il est écrit dans mon ordre de mission que vos affaires religieuses ne me regardent pas.

CAIPHE

Nous le savons, seigneur, et nous sommes très reconnaissants à César Tibère qui nous a laissé cette complète liberté. Mais quand une affaire religieuse est de nature à troubler l'ordre public?

UN PRÊTRE

L'autre matin, dans la cour du Temple, il a renversé les étalages, il a chassé les marchands à coups de fouet.

PILATE

Vous avez obtenu de notre maître bien-aimé l'empereur César Tibère que l'entrée de la cour du Temple fût interdite aux Romains. Ce qui s'y passe n'est pas de mon ressort. A-t-il fait du scandale dans les rues de la ville?

CAIPHE

Il a dit plusieurs fois, devant des groupes d'ouvriers du port, qu'il pouvait raser le Temple, et le rebâtir en trois jours!

PILATE

Si vous croyez qu'il est capable de le faire, il serait dangereux de s'attaquer à lui. S'il en est incapable – et vous en êtes aussi sûrs que moi – ce sont là des propos absurdes d'un illuminé inoffensif, dans le genre de Bar Sichen...

CAIPHE

Que tu as fait crucifier.

PILATE

Pour t'être agréable, et je le regrette. Je constate que depuis mon arrivée ici, pour vivre en bonne intelligence avec le Temple, j'ai condamné une douzaine de malheureux qui n'avaient pas fait autre chose que prêcher au coin des rues, dans une langue que je ne comprends pas très bien, et sur des sujets dont l'intérêt m'échappe complètement. Le soir de l'exécution de ce Bar Sichen, je vous ai avertis. Je vous ai dit clairement : « Notre maître, l'empereur César Tibère, ne m'a pas envoyé ici pour faire crucifier des fous. On va encore clouer celui-là, mais je vous préviens que c'est le dernier. » Tu t'en souviens?

CAIPHE

Je me souviens de ces paroles.

PILATE

Bien. Par conséquent, l'affaire Jésus est classée et je vais le faire relâcher.

HÉRODE

Tu pourrais attendre jusqu'à demain : il y a une grande foule dans les rues... Le jour de la Pâque, il serait fâcheux d'avoir à réprimer une émeute.

MARPHURIUS *(gourmand)*

Une émeute? Où ça une émeute?

PILATE

Pourquoi une émeute?

HÉRODE

Parce qu'il fait aussi de la politique.

CAIPHE

Il parle un peu partout, et surtout en province : il flatte les pauvres.

PILATE

Les pauvres ont grand besoin d'être flattés.

UN PRÊTRE

Il dit que les riches et les puissants n'entreront pas au royaume de Dieu.

PILATE

En ce qui me concerne, les champs élysées me suffisent.

UN PRÊTRE

Il dit que les premiers seront les derniers.

MARPHURIUS

Dans l'armée, on fait ça tous les jours. C'est le principe du demi-tour à droite.

CAIPHE

Il dit que les grands seront abaissés et que les humbles seront exaltés.

PILATE

Où donc?

UN PRÊTRE

Dans le royaume de son Dieu.

PHOCAS

Et les gens le croient?

CAIPHE

Il y a des centaines d'hommes du peuple qui propagent ces absurdités dangereuses.

PILATE

Eh bien, Caïphe, que lui reproches-tu? Quand les pauvres se contenteront d'un espoir chimérique, il sera bien facile de les gouverner.

CAIPHE

Il faut comprendre dans quel esprit il parle! En disant que les riches sont maudits de Dieu, il excite le peuple contre le Temple et contre le palais!

UN PRÊTRE

Et il se fait appeler le Roi des Juifs!

PILATE

Qui pourrait le prendre au sérieux?

CAIPHE

César Tibère, notre maître bien-aimé.

PILATE

Penses-tu que l'Empereur daigne s'intéresser aux divagations d'un mendiant de Jérusalem?

CAIPHE *(perfide)*

L'éloignement, parfois, grossit les petites choses... Il n'est pas impossible qu'il apprenne que nous avons ici un agitateur qui essaie de soulever le peuple et qui se fait appeler le Roi des Juifs.

PILATE

Qui l'a entendu dire qu'il était le Roi des Juifs?

CAIPHE

Tout le monde.

HÉRODE

Il me l'a dit à moi-même ce matin. C'est pourquoi tes soldats l'ont coiffé d'une grande couronne d'épines, et lui ont offert un sceptre de roseau. Dans les rues, il a eu un gros succès...

CAIPHE

Et la foule criait : « Vive le Roi des Juifs! »

PILATE

Certainement par dérision...

PHOCAS

Toutes les révolutions commencent par des plaisanteries.

CAIPHE

Seigneur, ils parlent, au contraire, très sérieusement. Ses disciples fondent sa royauté sur le fait qu'il serait un descendant de David, qui fut le plus grand de nos rois... Ils récitent toute sa généalogie.

PHOCAS *(à Pilate)*

Ceci est plus grave que tu ne pensais.

CAIPHE

J'ai entendu parler deux pêcheurs. Le plus vieux disait : « Pour le remercier de nous avoir rendu un roi, on devrait envoyer une ambassade à notre maître bien-aimé César Tibère! »

PHOCAS

Il est certain que cette affaire prend une tournure politique. Il serait peut-être sage de l'approfondir et d'en arracher les racines... Est-ce le rêve de ta femme qui te retient de le juger?

CAIPHE

Ne veux-tu pas au moins l'interroger?

PILATE

Soit. Qu'on le conduise immédiatement au prétoire. Nous sommes pressés.

CAIPHE

Merci, seigneur. Je crois que ses propos éclaireront la justice, et que tu nous donneras une nouvelle occasion de remercier l'Empereur qui t'a choisi pour nous gouverner, car nous avons les moyens de lui faire connaître notre reconnaissance.

Les prêtres se retirent, graves et satisfaits. Hérode ne sort pas.

SCÈNE VII

HÉRODE

Je crois que la paix en Judée dépend du jugement de cet homme.

PILATE

Tu veux dire de sa condamnation, car tu souhaites, toi aussi, sa mort?

HÉRODE

Il la mérite.

PILATE

Pourtant, c'est un Juif, comme toi!

HÉRODE

Non. Pas comme moi. Il n'aime pas assez les Juifs, puisqu'il aime aussi les autres... Excuse-moi, noble Pilate, mes devoirs religieux m'appellent au Temple, pour le sacrifice de l'agneau.

Il salue et sort.

SCÈNE VIII

PHOCAS

Ces rats sont venimeux. As-tu une raison particulière de sauver ce Jésus?

PILATE

Oui, la plus grande de toutes : la justice.

PHOCAS

C'est peut-être la plus grande. Ça n'a jamais été la plus forte.

Pilate est pensif. Il fait un signe à l'esclave qui sort. Le centurion s'avance.

LE CENTURION

Seigneur, et mon prisonnier, qu'est-ce que j'en fais?

PILATE

J'ai dit de le conduire au prétoire.

LE CENTURION

Je ne veux pas dire le blond. Je veux dire l'autre, le noiraud. Judas, il s'appelle. C'est lui qui a vendu le blond. En échange, je lui avais promis la liberté. Je n'ai pas voulu le lâcher sans ton ordre. Et puis, il ne veut pas partir avant d'avoir porté son message au procurateur.

PILATE

Quel message, et de qui?

LE CENTURION

Il dit que tu peux sauver le monde!

PILATE

Où est-il?

LE CENTURION

A la porte.

PHOCAS

Il serait peut-être intéressant de l'entendre... Il te donnerait le climat de l'affaire...

PILATE

Fais-le entrer.

Le centurion sort, et rentre aussitôt, suivi de Judas au bout d'une chaîne.

SCÈNE IX

Pilate examine un instant le prisonnier, qui ne paraît pas abattu, et va parler clairement d'une voix forte.

PILATE

C'est toi, Judas?

JUDAS

Oui, Judas l'Iscariote, compagnon et apôtre de Jésus-Christ.

PILATE

C'est celui que tu as vendu?

JUDAS

C'est celui que j'ai livré.

PILATE

Je ne vois pas la différence.

JUDAS

Elle est grande, mais je ne puis encore te la dire.

PILATE

Pourquoi?

JUDAS

C'est le secret des Ecritures et tu le connaîtras bientôt.

MARPHURIUS

Ça doit être une histoire de femmes.

PILATE

Il y a des femmes dans votre troupe?

JUDAS

Oui. Il y a Marthe, il y a Marie qui sont les sœurs de Lazare le ressuscité. Il y a Marie-Madeleine...

MARPHURIUS

Marie-Madeleine? Alors, tout s'explique.

PHOCAS

Pourquoi? Tu la connais?

PILATE

Elle a commencé avec les soldats. Elle a continué par les centurions et elle a fini...

MARPHURIUS

Par le général. Ah! C'était vraiment une belle fille... Elle n'avait qu'un défaut : elle était triste, et elle pleurait souvent.

JUDAS

Celle que je connais ne pleure pas : elle prie, elle chante, elle rit.

MARPHURIUS

Si elle rit, ce n'est pas la nôtre.

JUDAS

Tu as raison, général. Tu parles de celle qui est morte. Je parle de celle qui est née.

MARPHURIUS

Elle a une fille? Si elle sait y faire comme sa mère, je ne suis pas en peine pour ses vieux jours.

JUDAS

Mais moi, je suis en peine pour ta vie future. Tu devrais y penser, général, car une âme n'est pas perdue tant qu'il lui reste le temps du repentir... Je prierai pour toi cette nuit.

MARPHURIUS *(furieux)*

Quoi? Je te défends bien de mettre mon nom dans tes simagrées, tu entends?

PHOCAS

Laisse-le parler. Donc, tu aimais cette Madeleine, et elle t'a préféré Jésus.

JUDAS

Oui, noble Grec. J'aime Madeleine, mais elle me préfère l'amour de Jésus-Christ.

PILATE

Et c'est pour elle que tu l'as livré?

JUDAS

C'est pour elle, et c'est pour toi, et c'est pour tous ceux qui seront sauvés, s'ils comprennent aujourd'hui même.

PILATE

C'est que précisément ils ne comprennent pas, parce que ton message n'est pas clair. Mon centurion t'a promis la liberté, mais moi je ne t'ai rien promis... Si tu tiens à retourner chez toi, dis-nous le secret de ta haine.

JUDAS

Ma haine pour qui?

PILATE

Pour celui que les prêtres veulent mettre à mort.

JUDAS

Lui? Il est mon Maître bien-aimé, et je voudrais mourir pour lui! Ecoute, Pilate...

MARPHURIUS

Ceux qui ont l'honneur de parler au proconsul ont aussi le devoir de l'appeler seigneur.

JUDAS

Je le ferais très humblement, si cela m'était permis. Mais pour ceux qui savent la Bonne Nouvelle, il n'y a pas d'autre seigneur sur la terre que Notre-Seigneur Jésus-Christ.

MARPHURIUS

Sais-tu que la peau de ton dos est en grand danger?

PILATE

Laisse. Tu nous confirmes donc que ce Jésus est le Roi des Juifs?

JUDAS *(il rit)*

Ce serait bien peu de chose. Pourquoi l'appeler le Roi des Juifs, alors qu'il est le Roi du monde!

PHOCAS

C'est-à-dire qu'il est au-dessus de l'empereur César Tibère?

JUDAS

César Tibère n'est qu'un homme.

PHOCAS

Tandis que ton ami, c'est le Fils de Dieu?

JUDAS

Tu l'as dit.

PHOCAS

C'est donc lui qui doit chasser les Romains?

PILATE

Ce Jésus prétend nous chasser?

PHOCAS

On répète, dans le bas peuple, qu'un jour le Fils de Dieu chassera les Romains de Judée... Et puisque c'est le Fils de Dieu...

PILATE *(à Judas)*

Réponds. Ton ami a donc le pouvoir de détruire mes légions?

JUDAS

Il le fera s'il le juge bon.

PILATE

Si tu voulais le faire crucifier, tu ne parlerais pas autrement.

JUDAS

Tu m'as demandé la vérité, je l'ai dite.

Un esclave entre.

L'ESCLAVE

Seigneur, les prêtres sont au prétoire, avec un grand concours de peuple.

PILATE

Et ce peuple, que dit-il?

L'ESCLAVE

Beaucoup se taisent. D'autres poussent des cris de mort.

JUDAS

Ceux-là, ce ne sont pas des Juifs. Ce sont des esclaves du Temple, des étrangers.

PHOCAS

Qu'en sais-tu?

JUDAS

Jésus s'est toujours promené librement à travers toute la Judée... Nous étions douze avec lui, et depuis trois années, nous avons vécu d'aumônes. Qui donc nous a nourris, si ce n'est pas le peuple d'Israël? Pilate, les prêtres qui le poursuivent sont nos tyrans chargés de pierreries! Ils règnent sur les esprits simples par la menace et la terreur. Ils sont enfiévrés de rage parce que Jésus a voulu naître dans le peuple, et parce qu'il parle pour les humbles : mais le petit peuple aime Jésus... Certes, tous ne sont pas encore convertis, mais je suis sûr que si tu leur laisses le temps nécessaire, tous le suivront.

PILATE

Ils le suivront jusqu'où?

PHOCAS

Jusqu'à la révolution...

JUDAS

Oui, jusqu'à la révolution dans les cœurs et dans les âmes, car son royaume n'est pas de ce monde. Il est venu pour enseigner l'amour, et il n'écrasera que les méchants.

PHOCAS

Qui sont évidemment les Romains?

JUDAS

Non! Le Seigneur Dieu aime tous ses enfants. A tous, il offre son amour et le salut : Ponce Pilate, entre toi et moi, l'Eternel ne fait aucune différence...

PILATE

Moi, j'en fais une. *(A l'esclave.)* L'accusé est-il arrivé?

UN ESCLAVE

Oui, seigneur. Le Messie est là.

PILATE

Qu'as-tu dit?

L'ESCLAVE *(gravement)*

Seigneur, le Fils de Dieu est dans le prétoire, et le jugement est pour tout à l'heure.

PHOCAS *(à l'esclave)*

Tu connais ce charpentier?

L'ESCLAVE

Non! Je viens de le voir pour la première fois, mais je connaissais sa parole.

PILATE

Où l'as-tu entendue?

L'ESCLAVE

C'est un marin du port qui m'avait répété la Bonne Nouvelle. Mais il parlait pour rire et pour se moquer. Il ne comprenait pas le message, comme quelqu'un qui porterait une lettre sans l'ouvrir. Moi, j'ai compris et je sais.

PILATE

Tu crois qu'il est le Roi des Juifs?

L'ESCLAVE *(Avec ferveur)*

Je crois que si je traverse d'un cœur pur les misères de cette vie, j'entrerai comme un homme libre au royaume de Jésus-Christ.

JUDAS

Amen! Celui-ci a compris.

PILATE *(à l'esclave)*

Va-t'en.

L'esclave sort.

PHOCAS

Ces idées ont déjà fait du chemin.

MARPHURIUS

C'est comme les oreillons. Ça s'attrape.

PHOCAS

Et ça va vite. Surtout parmi le peuple et les esclaves. En général, chez les gens mal nourris.

JUDAS

Celui qui ne pense qu'à nourrir sa chair ne prépare qu'un plus gros cadavre. Jésus est venu pour nourrir les âmes, et il méprise les biens de ce monde que personne n'emporte au ciel.

Deux serviteurs apportent la grande robe écarlate du juge. Ils vont en revêtir Pilate pendant les répliques suivantes.

PILATE

Pourquoi as-tu voulu me voir?

JUDAS

Parce que tu es un homme juste! Je sais que cette nuit tu as dit aux prêtres : « Je ne trouve aucun crime chez cet homme. » J'ai donc pensé qu'il fallait t'avertir : ta mission est encore plus lourde que la mienne... Pilate, tu es en danger.

PILATE *(il rit)*

Moi?

MARPHURIUS

Un complot? Là, tu m'intéresses!

PHOCAS

Quel est ce danger?

JUDAS *(à Pilate)*

Celui que j'ai livré sans le savoir, ce n'est pas Jésus : c'est toi.

LE CENTURION

Oh merde!

Il met sa main sur sa bouche, confus.

JUDAS

Et moi, je suis venu pour te sauver.

MARPHURIUS *(indigné)*

Ça va tout de même un peu loin!

PILATE

Mais ça part d'un bon sentiment. (*A Judas.*) Tu voudrais me sauver de quoi?

JUDAS

De la damnation éternelle.

MARPHURIUS *(furieux)*

Je n'admets pas qu'un misérable Juif de cette espèce parle sur ce ton au procurateur, mon chef.

Il va frapper Judas. Pilate le retient.

JUDAS

Je ne suis en effet qu'un misérable Juif, et peut-être le plus misérable de tous, mais ces mots qui sortent de ma bouche sont la Parole de Vérité. *(A Pilate.)* Tu dois les entendre et les méditer. Parce qu'on te rend de grands honneurs, tu crois avoir une grande puissance. Mais tu n'es rien de plus qu'un pauvre homme, parce que tu ne sais pas la Bonne Nouvelle! Et seul tu tiens entre tes mains le salut de la race des hommes... Ainsi, par la volonté de l'Eternel, celui qui va juger tout à l'heure, c'est toi, et celui qui sera jugé tout à l'heure, c'est encore toi.

PILATE

Moi? Je vais être jugé?

JUDAS

Oui.

PHOCAS

Par qui?

JUDAS

Par celui qui nous voit et qui nous entend. Prends garde, proconsul de Judée! Et toi, Grec, et toi, général, prenez garde! Jésus est le piège de Dieu. Comme tu traiteras Jésus, tu seras traité. Si tu le condamnes à monter sur la croix, c'est toi qui seras crucifié! A travers les siècles des siècles.

PILATE *(frappé)*

Ce qu'il vient de dire est étrange.

PHOCAS

Celui qui parle comme un rêve de femme ne parle pas raisonnablement.

JUDAS

Ne touche pas à Jésus-Christ, Fils du Tout-Puissant.

MARPHURIUS

Pas si puissant que la patrouille qui l'a coffré cette nuit.

LE CENTURION *(à mi-voix)*

Et qui l'a un peu passé à tabac.

PILATE

On l'a maltraité?

LE CENTURION

N'est-ce pas, une arrestation, surtout la nuit... Il y en avait un qui avait une épée... Il a coupé l'oreille au sacristain du Temple... Alors, j'ai distribué quelques calottes, et tout le monde a disparu... Naturellement, dans la bagarre, son Tout-Puissant a eu sa part.

JUDAS

Soldat, ce coup porté sur la Face divine, c'est ta pauvre âme qui l'a reçu. La voilà blessée pour l'éternité. *(Il se tourne vers Pilate.)* Toi, ne te laisse pas tromper comme les autres par la tendre fuite du Messie. C'est vrai qu'il s'est caché comme un criminel qui a peur... Pilate, il n'a pas peur du mal que vous voulez lui faire. Ce qu'il a fui, c'est votre crime, c'est votre responsabilité... Il a voulu vous laisser le temps de comprendre et la gloire du repentir... Je t'adjure du fond de mon cœur et je te parle avec amour... Aujourd'hui, tu détiens l'autorité suprême, toi seul as le pouvoir de condamner Jésus... Et tu portes la robe rouge, déjà couverte d'un sang clair et brillant, le sang du Juste! Ce n'est pas sa grâce que je te demande, c'est la tienne, et c'est la nôtre! Pitié pour les bourreaux, pitié pour nous, pitié pour toi! En arrivant dans le prétoire de justice, si, au lieu de monter sur le trône d'ivoire, tu te jettes aux pieds de Jésus pour lui demander sa bénédiction, moi je sais qu'il te bénira et que le monde sera sauvé!

PILATE

Voilà une scène théâtrale qui ferait beaucoup d'effet!

PHOCAS

Surtout à Rome!

PILATE

Allons, assez de sottises. Une goutte de philosophie est un poison pour un ignorant. *(Au centurion.)* Garde-le ici. Je ne veux pas qu'il assiste au procès. *(A Judas.)* Tes divagations seraient suffisantes pour me forcer à condamner ce malheureux. Le devoir m'appelle : allons rendre la justice.

MARPHURIUS

Ce sera long?

PILATE

Quand on condamne, ça va toujours plus vite, surtout lorsqu'il s'agit d'un innocent. On ne perd pas de temps à discuter des preuves, pour la raison qu'il n'y en a pas, mais si j'essaie de le sauver...

MARPHURIUS

Un Juif de plus ou de moins, qu'est-ce que ça peut faire?

PHOCAS

Et puis, ce n'est pas toi qui demandes sa mort!

PILATE

Mais c'est moi qui vais décider.

PHOCAS

Non, ce n'est pas toi, c'est la loi romaine. Cet homme est un ennemi de l'Empire.

PILATE

Un ennemi, peut-être. Mais sans force et sans arme...

PHOCAS

Je crois au contraire qu'il est bien armé, parce qu'il parle et qu'il fait parler tes esclaves. N'oublie jamais que la parole porte plus loin qu'un javelot, plus loin qu'une fronde, plus loin qu'une flèche. C'est comme une pierre qui tombe dans l'eau, et les petites vagues rondes s'élargissent multipliées jusqu'aux rives lointaines du lac... J'aimerais bien entendre ce Jésus.

PILATE

C'est bien facile : viens avec moi... Ils se contenteront peut-être du fouet...

MARPHURIUS

Il serait bien dommage de manquer une si belle journée...

JUDAS

Peut-être la dernière de l'Empire romain!

PILATE *(qui va sortir)*

Ne t'occupe pas trop de l'Empire romain : il pourrait s'occuper de toi!

Il sort.

LE CENTURION

C'est toujours les petites histoires comme ça qui font les pires emmerdements.

JUDAS

Il faut que les Ecritures s'accomplissent.

On entend une sonnerie de trompettes.

LE CENTURION

Le proconsul entre dans le prétoire.

Judas tremble, ferme les yeux et tombe à genoux, et prie à voix basse.

MARPHURIUS *(soupçonneux))*

Qu'est-ce qu'il fait?

LE CENTURION

Il fait sa prière.

MARPHURIUS *(sévère)*

Pas pour moi, j'espère?

JUDAS

Non, pas pour toi. Mais pour Notre-Seigneur Jésus-Christ.

LE CENTURION

Et là, tel que tu le vois, il se régale! Ah! On en voit de drôles dans les colonies!

Rideau

ACTE IV

PREMIER TABLEAU

La scène représente un coteau rocheux dont la pente monte vers le ciel. Elle est coupée en gradins inégaux, où poussent des buissons, du thym, de l'aspic, et quelques arbres chétifs.

Un sentier oblique, à flanc de coteau, conduit vers la crête.

Sur cette crête, une rangée de gens, les uns debout, d'autres assis sur des pierres. Ils regardent tous du même côté, vers la gauche, et vers le fond d'un ravin. Ce sont des jeunes gens, des hommes, des vieillards. Il y a des riches et des pauvres.

A flanc de coteau, au bord du sentier, il y a trois hommes assis sur le sol, qui mangent et boivent.

Au premier plan, à droite, deux hommes assis en tailleur jouent aux dés.

Pendant tout cet acte, des gens de tout âge entreront par le sentier et disparaîtront derrière la crête.

Un jeune homme sur la crête se tourne vers les trois hommes qui mangent.

LE JEUNE HOMME

Ça y est! Il est encore tombé!

UN HOMME *(sur la crête)*

Il n'arrivera jamais jusqu'en haut!

UN AUTRE

D'abord, c'est un scandale! La loi, c'est une croix en bois de pin, et celle-là pèse deux fois plus, parce qu'elle est en bois d'olivier!

UN AUTRE

Si tu peux voir ça d'ici, tu as de bons yeux.

Un vieillard richement vêtu vient d'entrer par la droite, sur le sentier.

L'HOMME DU PEUPLE

Seigneur, je l'ai vu faire dans l'atelier de Zaccharie, et je m'y connais : je suis charpentier.

UN JEUNE HOMME

Si tu es charpentier, alors ferme-la! C'est pas un jour de gloire pour la corporation!

Ils sortent en riant.
Rébecca et Simon entrent, en sens inverse, anxieux et bousculés.

SIMON

S'ils l'ont relâché, il viendra sûrement... Ou alors, ce guerrier est un menteur...

RÉBECCA

Tu crois qu'il est forcé de passer par ici?

SIMON

C'est le chemin habituel.

Des soldats débouchent par la gauche, suivis par le centurion et le décurion, qui conduit Judas au bout de sa chaîne. Rébecca, désespérée, s'accroche à Simon.

RÉBECCA

Père, le voilà!... Ils vont le crucifier!

Le centurion monte sur la crête, et regarde au loin.

LE CENTURION

Le général a dit : « Cent toises ». C'est à peu près ça. *(Au décurion.)* Tu peux le laisser monter jusqu'ici. On voit aussi bien qu'au cirque et c'est gratuit...

Il redescend. Simon se jette à ses pieds.

SIMON

Seigneur centurion, tu lui avais promis la liberté.

LE CENTURION

Tout à l'heure! Le temps de liquider le Roi des Juifs, et on te le rend.

RÉBECCA

On ne lui fera pas de mal?

LE CENTURION

Non, ma jolie! Mais on a eu peur qu'il cause du scandale et qu'il nous force à le coffrer pour de bon.

Alors, on le garde jusqu'à la fin. C'est dans son intérêt.

SIMON

Et je t'en remercie, seigneur. Mais il est bien cruel de le forcer à regarder le supplice de son ami.

LE CENTURION

Simon, fils de Machin, je pense comme toi. Mais c'est lui qui a voulu venir. Il nous l'a demandé comme une récompense! *(Au décurion.)* Toi, tu as compris? Pas de cris, pas de simagrées, ou alors tu le rentres à la forteresse. A tout à l'heure.

Il sort. Judas est calme et presque souriant.

JUDAS

Mon père, je suis heureux de vous voir ici tous les deux, au dernier jour de notre vie terrestre.

SIMON *(effrayé)*

Tu crois qu'ils vont nous tuer?

JUDAS

Non. Mais nous sommes au jour du Jugement.

Le décurion se frappe la tempe du bout de l'index.

LE DÉCURION

Puisque tu veux tout voir, viens là-haut.

SIMON *(humble)*

Nous pouvons aller avec lui?

LE DÉCURION

Moi ça ne me gêne pas.

Ils montent vers la crête. Une litière aux rideaux rouges entre en scène. Phocas, somptueusement vêtu, en descend.

PHOCAS *(il s'avance vers Simon)*

Tu es son père?

SIMON

Oui, seigneur.

PHOCAS

Il aura grand besoin de toi tout à l'heure, quand il verra mourir son Dieu!... Judas, je vais rester auprès de toi.

JUDAS

Toi qui es un puissant de la terre, toi qui es curieux d'une agonie, pourquoi ne vas-tu pas jusqu'au pied de la Croix?

PHOCAS

Le supplice d'un innocent ne peut pas étonner quelqu'un qui vient de Rome. Le spectacle n'est pas là-haut. Ce qui m'intéresse, c'est toi.

JUDAS

Pourquoi?

PHOCAS

Parce que tu es un homme. J'aime les hommes, surtout dans leurs erreurs. La tienne est tragique, et tu vas souffrir de n'avoir pas su raisonner... D'ailleurs, malgré tout ton courage, je vois bien que tu souffres déjà.

JUDAS

Ne crois pas que j'aie peur pour lui.

PHOCAS

Alors, viens t'asseoir près de moi. Tu verras le cortège et la foule joyeuse qui a réclamé son supplice et qui est ici pour le voir mourir.

JUDAS

Tout ce qui se passe sur terre n'a maintenant plus d'importance. C'est le ciel qu'il faut regarder.

SIMON

Tu crois donc toujours qu'il est le Messie?

JUDAS

C'est maintenant qu'il va se proclamer.

PHOCAS

Tu sais qu'ils l'ont fouetté jusqu'au sang?

JUDAS

S'ils l'ont fait, c'est qu'il l'a permis.

SIMON *(découragé)*

Qu'est-ce qu'on peut répondre à ça? *(Il regarde au fond du vallon.)* Qu'est-ce qu'ils lui ont mis sur la tête?

LE DÉCURION

C'est une couronne d'épines... Une blague des soldats pour se moquer du Roi des Juifs... *(Une rumeur.)* Ça y est. Il est encore tombé. Oh là! Il y a trois femmes qui ont voulu s'approcher. Qu'est-ce qu'elles prennent!

Cependant, Rébecca s'est approchée de Judas et lui parle à voix basse.

RÉBECCA

Dis-moi pourquoi tu as voulu venir ici?

SIMON

Que comptes-tu faire?

JUDAS

Je ne suis plus qu'un homme parmi les autres, et parmi les autres, j'attends le Jugement de l'Eternel.

PHOCAS

Que tu supposes favorable pour toi.

JUDAS

Ne le crois pas. J'ai fait le compte de mes fautes, et mon seul espoir est mon repentir.

PHOCAS

Tu es un prétentieux, Judas... Car tu crois qu'il existe un Dieu unique... Maître de l'Univers et Père des étoiles, et que ce Dieu s'occupe des hommes, et surtout des Juifs, et surtout de toi! De plus, ce Dieu, dans sa bonté, vient de nous envoyer son Fils – sans doute aussi puissant que Lui – afin de régler, une fois pour toutes, le compte de l'humanité. Ce fils – je ne sais pourquoi – a eu besoin d'une aide et, dans l'atelier d'un potier, il est allé chercher Judas, ce qui te met au rang des dieux : et moi, je vois un malheureux, le dos rayé de coups de fouet, qui tombe sous la croix des esclaves, et un pauvre potier bavard qui poursuit un rêve stupide, ivre d'ignorance et de vanité...

Entre un vieillard, qui tient un enfant par la main. Il s'adresse assez humblement au décurion.

LE VIEILLARD

Seigneur, est-ce que nous pouvons rester là?

LE DÉCURION

Moi, ça ne me gêne pas.

LE VIEILLARD

Merci. *(Il s'installe.)* C'est pour l'éducation du petit... La vue du châtiment des criminels, c'est très important, surtout à cet âge... *(A l'enfant.)* Tu vois, il y a deux voleurs, et puis un rabbi sacrilège... Un menteur qui a mal parlé de l'Eternel.

JUDAS

Avant que la nuit soit venue, tu regretteras ces paroles.

LE VIEILLARD

Pourquoi?

Le décurion fait signe au vieillard, pour lui faire comprendre que Judas est fou. Un autre vieillard vient d'entrer, suivi de deux enfants. Il appelle le premier qui fait manger une orange au petit garçon.

SECOND VIEILLARD

Benjamin, que fais-tu là? Tu ne viens pas plus près

des croix? J'ai un ami dans les soldats. Il m'a promis des places au premier rang!

PREMIER VIEILLARD

Jérémie est encore bien jeune, et ça pourrait l'impressionner.

SECOND JUIF *(sévère)*

C'est justement pour ça qu'on vient. Moi, je veux que les miens soient terrorisés... Autrement, ça ne sert à rien! Nous irons aussi près que possible.

UN DÎNEUR

Ils en ont déjà vu?

SECOND JUIF

Oui, seigneur! Presque tous les vendredis. Quand il n'y a pas d'exécution, je les mène aux abattoirs. Il faut que les enfants aient l'idée de la mort pour se faire une conception de la vie! *(Aux enfants.)* Allez, filez! A tout à l'heure!

PREMIER VIEILLARD

Et puis, là-haut, il y aura peut-être de la bagarre...

LE DÉCURION

Qui t'a dit ça?

LE VIEILLARD

Il paraît que ce rabbi a des amis. Ils sont douze, et ils vont essayer de le délivrer...

LE DÉCURION

Ça m'étonnerait! Je les ai vus cette nuit à l'arrestation... Ils ne m'ont pas fait l'effet d'être bien courageux. C'était plutôt le genre course à pied... S'ils ont continué à la même vitesse, ils ne sont pas loin de Nazareth!

On entend une sonnerie de trompettes. Puis une voix solennelle crie au loin, sans doute dans un porte-voix.

LA VOIX

Si un homme libre, avant le supplice, veut prouver l'innocence de Jésus de Nazareth, qu'il vienne témoigner au pied de la croix!

JUDAS

Qui parle?

LE DÉCURION

C'est le type du Temple. Ils font ça chaque fois, parce que c'est la loi.

PHOCAS

Et si quelqu'un témoigne, que se passe-t-il?

LE DÉCURION

Il va le dire.

LA VOIX

Si un homme libre s'oppose à l'exécution, nous referons tout le procès! Qui veut parler pour Jésus de Nazareth?

JUDAS *(se lève et crie)*

Moi!

LE DÉCURION *(il tire sur la chaîne)*

Hé là! Il faut un homme libre! Ni un esclave ni un prisonnier!

PHOCAS

Tu n'es donc pas très sûr du miracle, et tu regrettes de l'avoir livré... Quel est ce Dieu qui a besoin de toi?

LA VOIX

Quel homme libre veut parler pour Jésus de Nazareth?

PHOCAS

Et pas une voix ne s'élève!

RÉBECCA

Est-ce qu'une femme peut témoigner?

LE DÉCURION

Bien sûr que non! Les femmes, ça ne compte pas.

JUDAS

Tu serais montée au calvaire?

RÉBECCA

Oui, puisque tu dis qu'il est innocent!

JUDAS

Eh bien, devant Dieu, tu y es allée.

Il la prend dans ses bras.

LA VOIX

Quel homme libre veut parler pour Jésus de Nazareth?

JUDAS

Et toi, mon père, que dis-tu?

SIMON

Moi, ma religion me défend de prendre le parti d'un sacrilège. Mais je regrette de le voir ici et, sans te le dire, j'ai prié pour lui. J'ai demandé à l'Eternel qu'il lui pardonne, et que son âme soit sauvée.

JUDAS

Père, en disant cette parole, tu viens de te sauver toi-même! Loué soit l'Eternel! Sur le bord de l'abîme, il a tendu la main à ceux que j'aime et, dans le royaume du Père, nous serons réunis ce soir...

LE DÉCURION *(sur la crête)*

Ce coup-ci, c'est fini! Il ne peut plus se relever! Ah? Les soldats mettent la croix sur le dos d'un type qui suivait... Il doit faire une drôle de gueule!

JUDAS

Un autre homme porte la croix?

LE DÉCURION

Et il la porte bien. C'est un costaud.

JUDAS

C'est un apôtre, un de mes frères?

LE VIEILLARD

Je ne crois pas, parce qu'il me semble que je le connais. Mais oui. C'est Simon de Cyrène... Oui, il porte une robe rouge... C'est bien le père d'Alexandre! Ah! le pauvre homme! Quel malheur!

JUDAS

Ne le plains pas, il est sauvé!

PHOCAS *(qui rit)*

Et voilà donc quatre personnes de sauvées, mais comme j'en vois un millier, la proportion me paraît faible. Vraiment, de tous les dieux connus, le tien serait le plus cruel! S'il existait!

SIMON

Enfin, dans une heure, nous serons fixés.

PHOCAS

Lui aussi. Mais avec des clous!

Un vieux petit Juif entre rapidement. Il paraît pressé et transpire abondamment.

LE JUIF

C'est commencé? Ils sont cloués?

SIMON

Pas encore.

LE JUIF

Ah bon! Ami, je viens de Gaza, et je crains d'avoir perdu mon chemin... Si je suis ce sentier, est-ce que j'arriverai sur les lieux à temps?

LE DÉCURION

C'est le bon chemin; continue par là.

Le petit vieux appelle : « Rachel! C'est par ici! On ne s'est pas trompés! » Entre sa femme, suivie de plusieurs personnes.

LE JUIF

Et si je glisse la pièce aux soldats, est-ce qu'ils nous laisseront nous approcher?

JUDAS

Que veux-tu faire?

LE JUIF

Nous voulons voir. Voir convenablement.

JUDAS

Puisque tu veux voir de plus près la colère de l'Eternel, suis ton chemin : il va par là. Mais tu aurais mieux fait de rester chez toi.

RACHEL

Obadias, ce jeune homme se moque de toi.

OBADIAS

Jeune homme, je ne comprends pas votre façon de parler en prenant cet air supérieur. On est des provinciaux, c'est entendu et, trois à la fois, ça nous surprend. Mais il ne faudrait tout de même pas croire qu'on n'en a jamais vu chez nous! L'année dernière, on a crucifié une criminelle qui avait égorgé deux enfants. Eh bien, ce n'était qu'une femme, mais on en a tiré parti! Elle a crié pendant deux jours! Je n'ai aucune intention de vous vexer : je veux dire qu'on peut être des provinciaux sans être pour cela des sauvages.

Ils montent le sentier, aussi vite qu'ils peuvent. Judas prie avec ferveur. On entend soudain une voix puissante, celle du centurion, qui crie.

LA VOIX

Caïus.

LE DÉCURION *(il crie)*

Présent!

LA VOIX

Qui c'est qui a les clous?

LE DÉCURION

Ils ne sont pas là-haut?

LA VOIX

Y en a plus dans la caisse!

LE DÉCURION *(consterné)*

Eh bien, ça va mal! *(Quatre soldats entrent. Le décurion se tourne vers eux.)* Flavies, qui c'est qui a les clous?

LE SOLDAT

Je ne sais pas. En tout cas, c'est pas moi.

SECOND SOLDAT

On nous a dit qu'on était de garde jusqu'à tant que les gars soient rétamés, mais personne a parlé de clous.

LE DÉCURION *(désespéré)*

Eh bien! mon vieux! Si on a oublié les clous, on va nous passer quelque chose!

LA VOIX *(impatiente)*

Et alors?

LE DÉCURION *(il crie)*

Ça vient! *(Aux autres.)* Si on m'avait confié ce tordu, moi, j'y aurais pensé aux clous! Mais c'est toujours la même chose. Dès que je ne suis pas là, tout le monde s'en fout. Et qui c'est qui va trinquer? C'est encore moi.

LA VOIX

On a les marteaux, on n'a pas les clous!

JUDAS

Voilà le signe! Voilà le sursis que l'Eternel nous accorde!

Un autre décurion entre par la droite.

LE DÉCURION

C'est maintenant que tu arrives? Tu te rends compte qu'on n'a pas les clous?

SECOND DÉCURION

Et ça, mon Toto, qu'est-ce que c'est? Des cure-dents?

Il a déplié son paquet, et montre d'énormes clous de forgeron.

PREMIER DÉCURION

Eh bien, mon vieux, tu m'enlèves un poids! Combien en as-tu?

SECOND DÉCURION

Six, sept, huit, neuf. Il y en a neuf, et des beaux.

PREMIER DÉCURION

Et qu'est-ce que tu veux qu'on foute avec neuf clous?

SECOND DÉCURION

Quatre pour chacun, et un de rabiot.

PREMIER DÉCURION

Mais ils sont trois!

DEUXIÈME DÉCURION

Au magasin, ils ont dit qu'il y en avait que deux.

UN SOLDAT

Y-z-ont rajouté le blond au dernier moment.

PREMIER DÉCURION

Avec trois clous pour chacun c'est risqué... S'il y en a un qui tombe du perchoir...

UN AUTRE SOLDAT *(il s'avance)*

Avec trois clous comme ça, quand même, on peut se débrouiller... Moi, j'ai été boucher, alors... Je m'en chargerais bien, mais le centurion a ses têtes... Lui, il veut le charpentier de la compagnie. Pour faire la croix, je ne dis pas. Pour y monter, ça va aussi... Mais pour clouer des bonshommes, il faut savoir ce que c'est, la viande. C'est pas le tout de planter des clous : il faut savoir où tu les places. Moi...

PREMIER DÉCURION

Toi, ferme ta gueule, et marche.

DEUXIÈME DÉCURION

Celui-là, il faut toujours qu'il critique, qu'il explique.

Le centurion paraît sur la crête.

LE CENTURION

Alors, ça vient?

PREMIER DÉCURION

Ça vient!

DEUXIÈME DÉCURION

Les voilà!

Il montre les clous.

LE CENTURION

Allons, maniez-vous! Il y a déjà les prêtres là-haut, et ça gueule comme des putois!

Tous sortent.

LE DÉCURION

Eh bien, j'ai eu chaud! Enfin, c'est gagné.

Un mangeur se lève.

LE MANGEUR

Tant pis si j'en crève d'indigestion. Je m'en suis foutu jusque-là. *(Il monte sur un rocher.)* Viens vite, Abner. Ça va commencer.

Ils s'installent commodément pour assister au spectacle. Entre un petit garçon qui conduit, au bout d'une ficelle, un aveugle. Il s'arrête auprès de Phocas, et l'aveugle commence à chanter.

L'AVEUGLE *(il annonce)*

Complainte morale du charpentier de Nazareth :

Bonnes gens, écoutez l'histoire
De ce Jésus le charpentier.
Dans sa boutique humide et noire
Il faisait bien son beau métier.
De pin de mélèze,
Sciait les tenons,
Creusait la mortaise
A la perfection!
Mais soudain saisi de folie
Le rabot lui tombe des mains,
Et disant : « Je suis le Messie! »
Il s'en va sur les grands chemins.

Le petit garçon a tendu sa sébile à Phocas qui lui donne des pièces de monnaie. Puis il tire sur la ficelle et entraîne l'aveugle, qui chante toujours.

LE DÉCURION

Ils arrivent au pied des croix!

PHOCAS

On déshabille le Fils de Dieu. Son père n'a pas l'air de s'occuper de lui.

LE DÉCURION

Le pauvre zigue, il n'est pas bien gras!

LA VOIX DU MENDIANT

Il a trouvé douze compères
Tous très malins, très dégourdis.
Ils en font voir de toutes manières
Aux villageois abasourdis!
L'aveugle y voit clair,
L'boiteux saute en l'air,
Les faux macchabées
Sont ressuscités.
Et le peuple qui les admire
Se prosterne avec ferveur.
Y en a même qui osent dire :
Ce Jésus est notre sauveur!

LE DÉCURION

On étend le rabbi sur la croix.

JUDAS

Il se laisse faire?

PHOCAS

Ils sont quatre à le tenir.

LE DÉCURION

Ça prouve que les clous sont bien arrivés.

Judas tombe à genoux et prie.

PHOCAS

En somme, tu pries Dieu de ne pas crucifier Dieu!

On entend les coups de marteau sur les clous.

LE DÉCURION

On lui cloue la main gauche !

LA VOIX DU MENDIANT

Alors Judas, l'ami intime,
Qui était très intelligent,
A livré la pauvre victime
Parce qu'il avait besoin d'argent !...
A travers la nuit
Les guide sans bruit,
Pour le désigner
Lui donne un baiser...

SIMON

Seigneur... Maintenant, c'est fini : laisse-nous partir...

LE DÉCURION

Tant qu'il n'est pas mort, ce n'est pas fini ! *(On entend les marteaux.)* Cette fois, c'est la main droite !

LE MENDIANT

L'ont mené chez Ponce Pilate
Seul au monde et pâle et tremblant,
Et le juge en robe écarlate
A jugé le Jésus tout blanc.

Judas veut s'approcher. Rébecca le retient.

RÉBECCA

Non, ne regarde pas, n'écoute pas...

Elle lui bouche les oreilles.

LE MENDIANT

Si tu nous viens des prophéties
L'Eternel va te secourir...
Mais si tu n'es qu'un faux Messie
C'est sur la croix qu'il faut mourir.

LE MANGEUR

Si vraiment cet homme est le Christ, c'est maintenant qu'on va le savoir.

LE VIEILLARD

Si Dieu l'aime, qu'il le délivre!

LE MENDIANT

Entendez là-haut
Le bruit du marteau
Qui frappe à grands coups
Pour planter des clous...

LE DÉCURION

Maintenant, c'est les pieds! Avec un seul clou, il faut avoir les deux à la fois... C'est pas commode...

On entend les marteaux. Le décurion regarde avec inquiétude. Puis, rassuré, il dit : « Ça y est! » Le mendiant annonce : « Dernier refrain et moralité! » Il chante.

LE MENDIANT

Bonnes gens, méditez en outre
La leçon du pauvre Jésus :

Il vaut mieux raboter des poutres
Que se faire clouer dessus!

On entend au loin un cri rythmé.

LE DÉCURION

Ils dressent la croix du rabbi!

Judas monte en courant vers la crête, en criant.

JUDAS

Ce n'est pas vrai! Ce n'est pas vrai! *(Il regarde horrifié. Il hurle.)* Au secours! A l'assassin! Seigneur. Ton fils! Le Messie! Ils ont crucifié le Messie!

Il tombe à la renverse pendant que le rideau descend.

DEUXIÈME TABLEAU

C'est le même décor, mais le jour a baissé. Le décurion, assis sur un rocher, mange un oignon avec du pain.

Judas est étendu au premier plan, et sa tête repose sur les genoux de Rébecca. Le vieux Simon essuie avec un linge le front de son fils. Phocas, souriant, regarde ce spectacle. Le décurion regarde le calvaire et parle la bouche pleine.

LE DÉCURION

Ça fait trois heures qu'on les a cloués. Par conséquent, c'est un coup de six heures du soir.

PHOCAS

Maintenant, la farce est jouée, et je crois qu'il va pleuvoir.

On entend soudain un long cri qui descend du calvaire. Judas se dresse brusquement.

JUDAS

Qui a crié?

RÉBECCA

Ce n'est pas lui... Il ne sent plus rien maintenant. C'est le soldat qui nous l'a dit.

JUDAS

C'était un cri de mort!

LE DÉCURION

Ça, c'est pas possible. C'est encore trop tôt.

JUDAS *(hagard)*

Qui a crié?

LE DÉCURION

On n'en sait rien. Ça doit être un des trois.

Judas passe la main sur son front. Il est blême. Le Juif aux enfants descend le sentier.

LE JUIF

Eh bien, il ne s'est rien passé d'intéressant et je sens mon rhumatisme. Est-ce que tu viens boire un coup à la maison?

ABNER

Avec plaisir! Attends : le petit s'est endormi. *(Il secoue l'enfant.)* Zizou! Zizou! Réveille-toi!... C'est fini!

Un soldat descend en courant.

LE SOLDAT

Caïus, viens vite! Il y a du pétard là-haut!

LE DÉCURION

Quel genre?

LE SOLDAT

Le grand prêtre a sauté sur le centurion... Et Marcius l'a foutu par terre... Alors, les autres, tu penses...

LE DÉCURION

Et pourquoi?

LE SOLDAT

Ça, j'en sais rien. Je pensais à autre chose. Moi, j'ai rien vu, que la bagarre.

LE DÉCURION

Eh bien, moi, c'est pas mes oignons. Je reste où je suis de service.

PHOCAS

Est-ce que le rabbi vit encore?

LE SOLDAT

Le blond? Non, il est mort. Vous n'avez pas entendu le cri?

JUDAS

Qui peut croire que le Fils de Dieu soit mort?

PHOCAS

Qui peut croire qu'un mort était le Fils de Dieu?

Les Juifs qui allaient sortir à droite reculent soudain et s'écartent avec crainte. Deux soldats paraissent. Ils sont suivis par le général en grande tenue. Pendant toute la scène suivante, la foule qui redescend du calvaire s'arrêtera sur le sentier.

LE GÉNÉRAL

Eh bien, Phocas, quelles nouvelles?

PHOCAS

Aucune. Ce Jésus est mort.

LE GÉNÉRAL

Déjà?

LE DÉCURION

Seigneur, il n'a pu tenir que trois heures. On l'avait fouetté de trop bon cœur.

LE GÉNÉRAL

Eh bien, Judas, as-tu compris? Où était le piège de Dieu?

PHOCAS

Il y avait le piège des prêtres, et ton pauvre ami s'y est pris.

LE GÉNÉRAL *(à Phocas)*

Alors, tu n'as pas vu de signes dans le ciel?

PHOCAS

Non, mais j'ai vu le supplice de l'autre sur le visage de celui-ci...

LE GÉNÉRAL

Otez-lui ses fers! *(A Judas.)* Tu es libre.

JUDAS

La liberté? Qu'est-ce que je vais en faire?

PHOCAS

Va vivre, si tu en es capable. Si tu ne veux pas vivre, meurs.

Un coup de tonnerre. Les prêtres arrivent à grands pas. Caïphe en tête. Ils sont blêmes et furieux.

CAIPHE

Seigneur, l'exécution est illégale... L'imposteur est mort! Il n'est resté que trois heures sur la croix et il est mort. Il faut que le centurion soit jugé! C'est lui le coupable!

Le centurion vient de paraître. Il est très pâle, il est nu-tête, il marche comme un homme ébloui.

UN PRÊTRE

Il l'a tué d'un coup de lance! Je l'ai vu!

CAIPHE

C'est un crime contre la loi romaine!

LE GÉNÉRAL

Marcius, que s'est-il passé?

LE CENTURION

Il y a eu tant de lumière, tout d'un coup! Tant de lumière!

LE GÉNÉRAL

Où sont tes armes?

LE CENTURION

Je ne sais pas.

PHOCAS

Cet homme est malade, ou il est ivre.

LE CENTURION

Judas, tu avais raison : écoute...

LE GÉNÉRAL

Garde à vous! *(Automatiquement, le centurion se met au garde-à-vous.)* Au rapport. Que s'est-il passé?

LE CENTURION

Je ne sais pas... Je tremblais, mais je n'avais pas peur... Tout d'un coup, il m'a fait comme une espèce de sourire... Alors moi, j'ai poussé ma lance dans son flanc... Il a fait un long cri, et il est mort.

CAIPHE

Fais arrêter cet homme. Il vient d'avouer.

LE GÉNÉRAL

Marcius, éveille-toi! Quelle est cette folie?

LE CENTURION

Il n'y avait rien d'autre à faire. Et quand j'ai retiré le fer, j'ai senti sur ma main trois petites brûlures... *(Il montre le dos de sa main.)* C'étaient trois gouttes de son sang... Alors, la lumière est venue, comme une espèce de musique... Et moi, j'ai compris tout d'un coup que j'avais gagné la vie éternelle, et qu'il était vraiment le Fils de Dieu.

JUDAS

S'il était le Messie, pourquoi est-il resté sur cette croix?

LE CENTURION

Il fallait peut-être nous crever le cœur pour en faire sortir le bon.

JUDAS

Puisqu'il est mort, ce n'était qu'un homme, et moi, j'ai trahi mon ami...

LE CENTURION

C'est bien vrai que c'était un homme... Mais c'était aussi le Fils de Dieu... Je ne sais pas te l'expliquer, mais je donne mon témoignage : j'ai vu les deux en même temps.

PHOCAS

Général, fais-le arrêter. Il va raconter ça partout.

JUDAS

Qui le croira? Jésus, Jésus, pourquoi m'as-tu menti?

LE CENTURION

Si maintenant tu doutes de lui, c'est maintenant que tu commets le crime... Judas, mon frère Judas.

PHOCAS *(il crie)*

Assez! Un tel spectacle est indigne de Rome! Arrêtez cet homme!

LE GÉNÉRAL

Ça doit être un coup de soleil. Conduisez-le à l'infirmerie.

Deux soldats emmènent le centurion. Son visage est illuminé, et il crie : « Jésus-Christ est venu sur la terre pour racheter tous les crimes des hommes, et ceux qui l'aiment seront pardonnés! » Les prêtres, groupés, semblent se concerter. Judas fait un pas vers eux.

JUDAS

Quand j'ai pris ces trente deniers, je croyais obéir à Dieu. Je connais maintenant mon crime, et je te rends le prix du sang.

Il jette une poignée de pièces sur les prêtres qui reculent. Le ciel tonne.

LE GÉNÉRAL *(au décurion)*

Ne le laisse pas monter au calvaire. Confie-le aux chameliers qui le ramèneront chez lui.

Il sort.

JUDAS

Et voici la fin de ma vie...

PHOCAS

Retourne chez toi et reprends ta pioche. Pendant la pauvre vie des hommes, il vaut mieux regarder la terre que le ciel.

JUDAS

Alors, là-haut, il n'y a personne? Il n'y a rien?

PHOCAS

Si. Des nuages.

Il sort.

Rideau

ACTE V

Un tombeau tout neuf et tout blanc, à droite, sous des cyprès. Sur la crête, une sentinelle.

Au fond de la scène, le terrain remonte.

Les personnages qui entreront se découperont sur le ciel.

Devant l'entrée du petit monument, le décurion et deux soldats, assis par terre, jouent aux dés.

Ce sont les soldats que l'on a vu à la crucifixion. Il y a un Germain, un Marseillais, un Toulousain. Les autres ont aussi des accents. Ce sont des Barbares.

On entend au loin une trompette d'argent. Le soldat en sentinelle paraît inquiet.

LA SENTINELLE *(c'est un Germain)*

Qu'est-ce que c'est que ça? C'est pour nous?

LE DÉCURION

C'est les trompettes du Temple! *(A l'un des soldats qui jouent avec lui.)* Alors, tu y vas, oui ou merde?

LE SOLDAT *(il se décide)*

J'y vais.

Il pose une pièce sur les enjeux.

LE DÉCURION

Attention! Six deniers au pot!

Le décurion agite les dés dans ses mains réunies. La trompette sonne au loin.

LA SENTINELLE

Mais pourquoi ils font ça?

LE DÉCURION

Parce que c'est la Pâque, et puis c'est pas fini. Après, ils vont chanter toute la nuit!

Il lance les dés.

Seize.

Il rit de plaisir.

Seize pour Toto!

Au premier soldat qui ramasse les dés :

Tu crois que c'est la peine de jouer le coup?

LE SOLDAT *(il lance les dés)*

Onze!

LE DÉCURION

Je te l'avais dit!

LE SOLDAT

Onze, c'est pas mal quand même.

LE DÉCURION

C'est pas mal, mais ça perd.

SECOND SOLDAT *(il ramasse les dés)*

Et si je sortais dix-sept ou dix-huit, hein?

Il agite les dés dans sa main.

LE DÉCURION *(il allonge sa main vers les enjeux)*

Et si tu étais nommé général, hein?

Le soldat lance les dés et pousse un cri de triomphe.

SECOND SOLDAT

Trois fois six! Par ici la bonne soupe!

Il rafle les enjeux. Le décurion lève les yeux au ciel. A ce moment, la sentinelle fait deux pas en arrière et annonce.

LA SENTINELLE

Attention! V'là les artistes! Y a celui de l'oreille du sacristain!

Le décurion et les deux soldats se lèvent. Jean paraît au fond, suivi de Pierre.

LA SENTINELLE

Achtung! Halte!

JEAN

Il est défendu d'approcher?

LE DÉCURION

Oui, mignon. C'est défendu. Faut rester à dix pas, respectueusement.

PIERRE

Tu ne veux pas nous permettre de prier devant la tombe de Notre-Seigneur?

THOMAS *(qui paraît)*

Tu n'as donc pas le respect des morts?

LE DÉCURION

Oh, dis donc, toi! Ne répète pas ça, parce que moi, je te fous sur la gueule, hein? Nous, les morts, on les respecte autant que toi, hein!

LE SOLDAT GERMAIN

Quoique le tombeau d'un criminel!...

LE DÉCURION

Criminel ou pas, il est aussi mort qu'un autre. Si vous voulez lui apporter du miel, ou des gâteaux, donnez-les-moi, et je les déposerai devant la pierre. C'est pour te dire que je ne suis pas de parti pris. Mais pour vous approcher, c'est midi sonné. On sait très bien ce que vous voulez faire.

PIERRE

Frère, nous voulons prier.

LE SOLDAT GERMAIN

Regardez-moi cet hypocrite, avec son air innocent...

UN AUTRE *(marseillais)*

Pour le culot, ils sont imbattables. Ils prennent toujours les gens pour des couillons.

LE DÉCURION

A dix pas, et puis c'est comme ça! Et si vous espérez qu'on va partir au coucher du soleil, ça, c'est des illusions. Au coucher du soleil, il y aura la relève : le tombeau est gardé jour et nuit, jusqu'à nouvel ordre.

JEAN

Pourquoi?

LE DÉCURION

Because miracle!... Fallait pas annoncer en ville que çui-là va ressusciter.

PIERRE

C'est lui-même qui nous l'a promis.

JEAN

Il ressuscitera le troisième jour, après-demain matin.

LE DÉCURION

C'est-à-dire qu'ils espéraient barboter le macchabée cette nuit pour aller le cacher ailleurs. On vous connaît!

LE SOLDAT GERMAIN

Après, ils iront dire aux gogos : « Il est ressuscité. Nous l'avons vu, il nous a parlé! »

UN AUTRE SOLDAT *(parisien)*

« Et il vous fait dire de nous donner tout votre fric. »

UN SOLDAT *(toulousain)*

Ça ne semble pas possible qu'il y ait des gens qui marchent, et qui sortent leur belle galette pour des contes de ma grand-mère !

LE DÉCURION *(il montre Pierre)*

Surtout que celui-là, il est plutôt menteur. *(A Pierre.)* Comment tu t'appelles aujourd'hui ? *(Aux autres.)* Parce qu'une fois il s'appelle Simon, une autre fois il s'appelle Pierre !

PIERRE

Je m'appelle Simon : Jésus m'a nommé Pierre.

LE DÉCURION

Oh dis donc ! Pas de boniment ! C'est à moi, quand tu te chauffais dans la cour du Temple, la nuit dernière, que tu as dit : « Je ne connais pas ce Jésus. » Tu trouves pas que c'est un peu tard pour venir faire connaissance ? *(Il voit venir quelqu'un.)* Et voilà ce pauvre fou de Marcius qui s'amène avec un autre farceur ! *(A Pierre.)* Alors, c'est vrai qu'il est avec vous ?

PIERRE

Oui, seigneur. Il a reçu la grâce.

LE DÉCURION

C'est un malheureux, voilà ce que c'est.

LE SOLDAT

Est-ce qu'il faut lui présenter les armes ?

LE DÉCURION

Ah non! Il n'a plus d'uniforme ; il n'est plus rien. Après le scandale qu'il a fait, c'est déjà bien joli qu'il soit pas passé en conseil de guerre.

Entre le centurion, dans une robe de bure. Il est grave, mais illuminé d'une joie intérieure.

LE CENTURION

Salut, Caïus! Que la paix soit avec vous.

LE DÉCURION

Salut, Marcius! Ça me gêne de ne pas te faire présenter les armes. Mais tu comprends ma position.

LE CENTURION

Je la comprends. Et toi, si tu comprends la mienne, tu sais que ma vie vient de commencer.

LE DÉCURION

En tout cas, ça a fait un drôle de pétard – moi, je te voyais en conseil de guerre – et tout le monde se demande comment ça se fait qu'ils t'aient relâché!

LE CENTURION

J'ai parlé au procurateur. Il m'a écouté longtemps, puis il a fait venir sa femme, et il a fallu que je recommence. Elle a pleuré, et il m'a donné mon congé. *(Il montre le tombeau.)* C'est lui qui a fait tous ces miracles...

LE DÉCURION

S'il a fait ça, il est fortiche.

LE CENTURION

Maintenant, je suis un disciple, et bientôt peut-être un apôtre... Parce que demain, il nous parlera. Et s'il m'accepte dans sa légion, alors, j'irai dans mon pays... Je ne suis pas savant, mais j'ai une bonne voix, et j'ai *vu.* Alors, j'enseignerai aux échos de Provence le témoignage du centurion.

LE DÉCURION

En tout cas, tu as perdu ta retraite, et comme tu as toujours été chic avec moi, je te dis franchement : ça me fait de la peine de te voir dans l'état que tu es.

LE CENTURION

Tu te trompes, Caïus, mais ça part d'un bon sentiment, et je t'en remercie.

PIERRE *(au centurion)*

Demande-lui qu'il nous laisse approcher du tombeau...

LE CENTURION *(au décurion)*

Tu as entendu?

LE DÉCURION

Je leur ai déjà dit non. Je voudrais bien te faire plaisir, mais j'ai ma consigne, tu comprends? A dix pas le jour, et cinquante la nuit... S'ils emportent le bonhomme, moi, je suis bon pour être cassé de mon grade... Et c'est pas le moment, parce que je vais peut-être te remplacer!

LE CENTURION

La consigne, évidemment, c'est la consigne... Il ne faut pas la discuter. Mais à dix pas, c'est un peu vague. Il y en a qui font de grands pas, d'autres qui en font de petits... Alors, par exemple *(il s'avance)*, on peut bien admettre qu'à cette distance, le trésor que tu gardes ne court aucun danger... Approchez-vous, mes frères, c'est un homme de cœur.

Les apôtres s'approchent du tombeau, s'agenouillent et prient.

LE DÉCURION *(à la sentinelle)*

Surveille un peu les environs, faudrait pas qu'une patrouille s'amène...

LE CENTURION

Merci, Caïus. Tu seras encore de garde demain matin?

LE DÉCURION

Tous les matins, pendant huit jours.

LE CENTURION

Tu as de la chance : tu verras Notre-Seigneur sortir du tombeau! et s'il te regarde, tu seras sauvé.

LE DÉCURION *(perplexe)*

Tant mieux... Moi, tu sais, je veux bien... Quoique si je le voyais sortir, j'aurais plutôt la trouille qu'autre chose. Enfin, si tu es content, c'est très bien comme ça.

LE CENTURION

Ça ne peut pas être mieux.

A ce moment, Judas paraît. Il va au tombeau, qu'il serre dans ses bras. Il est blême, ses cheveux ont blanchi, un soldat crie : « Hé là! »

LE SOLDAT GERMAIN

A dix pas comme tout le monde.

LE DÉCURION

Qu'est-ce que c'est encore, çui-là?

LE CENTURION

Laisse-le prier... Il en a besoin... *(A voix basse.)* C'est lui.

LE DÉCURION

Qui ça, lui?

PIERRE *(à voix basse, avec horreur)*

Judas!

LE DÉCURION

Oh merde! Il a drôlement décollé!

Les apôtres se réunissent autour de Pierre. Le centurion fait un pas vers Judas.

LE CENTURION

Tu as compris?

JUDAS

Marcius, mon frère, je te dois plus que la vie. Sur le calvaire, j'avais perdu la grâce... En pensant à toi cette nuit, c'est dans tes yeux que je l'ai retrouvée...

ANDRÉ *(il s'avance vers Judas)*

Et tu oses toucher le tombeau de ton crime?

JEAN

Ce n'est pas ton maître Satan qui repose sous cette pierre. C'est l'Agneau de Dieu que tu as livré aux bouchers.

Judas ne répond pas. Il prie.

THOMAS

Qu'est-ce que tu viens faire ici? Tu nous as vendus, nous aussi?

JUDAS *(il lève la tête)*

Qui voudrait vous acheter? Qui donnerait seulement un denier pour votre courage, pour votre fidélité. *(Au centurion.)* Quand tu es venu avec tes soldats, qui d'entre eux a risqué sa vie? Jean, mon frère, je t'ai vu! Tu as couru plus vite qu'un lièvre du désert. Toi, Jacques, tu t'es caché derrière un arbre dans la nuit. Et toi, Thomas, tu as dû filer le premier : je n'ai pas eu le temps de t'apercevoir... Et toi, Nathanaël, mon ami, est-ce que tu as sauvé le Sauveur?

LE CENTURION

Il y en a un qui a voulu se battre, c'est Pierre.

JUDAS

Oui, mais trois fois, dans une seule nuit, il a renié le Messie... Oui, trois fois, il a dit aux soldats : « Je ne connais pas cet homme. » Est-ce que je mens?

NATHANAEL

Ce n'est pas vrai.

LE DÉCURION

C'est à moi qu'il l'a dit!

PIERRE *(accablé)*

Oui, c'est vrai, par malheur.

JUDAS

Et le matin, devant Ponce Pilate, pas un seul des apôtres n'est venu témoigner pour Jésus... Et l'après-midi, pendant le supplice, où étiez-vous? Cachés dans les caves de Jérusalem, tremblants de peur dans les grottes du Cédron, aplatis dans les marécages... Tous, dans votre cœur, vous l'avez trahi... Pourtant, vous n'êtes pas coupables... Ces choses devaient arriver... Non, pas plus coupables que moi!

PIERRE

Parce que tu es innocent?

JEAN

N'est-ce pas toi qui l'as vendu?

JUDAS

Je l'ai livré. Sais-tu pourquoi?

JEAN

Tu l'as fait pour trente deniers.

JUDAS

Que les prêtres acceptent cette idée, c'est possible. Mais parmi vous, qui peut le croire?

PIERRE

Quoi? Tu n'as pas reçu trente deniers du Temple?

JUDAS

Oui, Pierre, je les ai reçus. Sais-tu ce que c'est que trente deniers? Lorsque tu étais un pauvre pêcheur de poissons, est-ce que tu ne gagnais pas cinq deniers par jour?

PIERRE

Pas tous les jours. Quelquefois moins... Quelquefois plus...

JUDAS

Et moi, lorsque j'étais potier, on me donnait dix deniers par semaine! Qui peut croire que j'ai suivi Jésus pendant trois ans pour le salaire de trois semaines? Toi, Matthieu, tu connais la valeur de l'argent. Est-ce que tu l'as cru?

MATTHIEU *(aux apôtres)*

Ça, moi, je vous l'ai déjà dit. Le prix me surprend. Trente deniers, ce n'est pas grand-chose.

LE DÉCURION

C'est pas bien cher pour vendre un ami. On peut dire qu'il leur a fait... un prix d'ami!

Il rit de sa plaisanterie.

JUDAS

Si j'avais eu besoin de ces trente deniers, je n'avais qu'à les prendre dans notre bourse. Qui d'entre vous, jamais, m'a demandé des comptes?

PIERRE

Nous avions autre chose à faire...

JUDAS

Je sais. Vous, vous étiez auprès du Maître, sur la place des villages, et vous écoutiez sa parole, et vous pêchiez des âmes dans la foule. Mais moi, pendant ce temps, je mendiais pour vous... Je frappais aux portes, qui ne s'ouvraient pas toujours... Ce n'est pas tout le monde qui réserve la part du pauvre... J'entendais les injures des mauvais riches... Souvent leurs serviteurs me lançaient des pierres, et il n'y a personne ici qui puisse montrer sur ses jambes autant de morsures de chiens...

Il a relevé sa longue tunique, et montre ses mollets rayés de cicatrices blanches.

LE CENTURION *(ému)*

Est-ce vrai?

JEAN

Pour de l'argent, que n'aurait-il pas fait?

JUDAS

Oui, tu as dit la vérité. Pour de l'argent, que n'aurais-je pas fait? Mais cet argent, c'était le vôtre, et c'était le pain de Jésus!... Pierre, nous étions treize à table tous les jours, et il fallait aussi la part des pauvres! Qui donc en était responsable? Moi seul, moi, Judas. D'ailleurs, avant de vous quitter, je suis venu pour vous rendre mes comptes.

Il détache la bourse de cuir qui était pendue à son cou.

PIERRE

Ce n'est peut-être pas le moment ni l'endroit.

JUDAS

Si, Pierre, c'est le moment, et c'est l'endroit, je le sais. *(Il prend la bourse.)* Hier, pour cette Pâque, j'avais mis de côté 781 deniers.

ANDRÉ

Quoi?

JUDAS *(il a pris dans la bourse un rouleau d'écorce sur lequel sont inscrits ses comptes)*

Il m'en restait 400 de Madeleine, que je gardais depuis longtemps, et j'en avais 112, que j'avais mendiés dans la foule, le jour de la fête des palmes, plus 30 d'un poignard assyrien que Natent, fils de Ruben, nous avait donné à Bethsaïde. Je l'ai vendu à Samuel, fils d'Eliezer, parce que le Maître ne voulait pas le garder ; plus une pièce d'or de 100 deniers, que le rabbi Nicodème était venu m'apporter une nuit. Au clair de lune, j'avais cru qu'elle était d'argent, mais au matin, ce fut de l'or. 16 deniers pour ce fagot d'herbes sacrées que j'avais cueillies au bord du Cédron. 13 deniers pour cette flûte que nous donna le père du petit paralytique, et dont personne ne savait jouer. 60 deniers pour la vente de l'âne qui avait porté Notre-Seigneur, ce qui m'a permis de doubler son prix. Enfin, 50 deniers de Shammai le Samaritain, lorsque j'ai baptisé son fils. En tout, 781 deniers. J'en ai dépensé 317 pour la Pâque, et le Maître en a donné 150 aux pauvres. Reste donc 314 deniers, que j'ai bien fait de lui cacher, parce qu'il les aurait distribués aussi. Voilà, mes frères, votre bourse. Moi, je n'ai plus besoin de rien.

LE DÉCURION

C'est quand même marrant qu'il rapporte tout ce fric.

Un silence. Les apôtres regardent Pierre.

JEAN

Tu sais compter, Judas!

JUDAS

Il a bien fallu que j'apprenne, pour vous servir...

ANDRÉ

Et les trente deniers que t'ont donnés les prêtres, tu n'en parles pas?

JUDAS

Zaccharie a dit : « Et je pris les trente deniers d'argent, et je les jetai sur les prêtres. » C'est ce que j'ai fait.

PIERRE

Alors, si tu n'as pas livré Jésus pour de l'argent, pourquoi l'as-tu fait?

JUDAS

« Avant que le coq ait chanté deux fois, tu m'auras renié trois fois. » Jésus te l'avait annoncé : il t'a fallu subir la prophétie. Et moi, le Maître m'a dit devant vous : « C'est toi qui dois me trahir. »

JEAN

Oui, nous l'avons tous entendu.

JUDAS

Et puis, ce qu'il a dit ensuite, est-ce que vous

l'avez oublié?... « Ce que tu dois faire, fais-le vite. »

ANDRÉ

Moi, je n'ai rien entendu de pareil!

PHILIPPE

Ni moi non plus.

THOMAS

Moi, j'ai bien vu qu'il disait quelque chose à voix basse. Mais j'étais au bout de la table, et je n'ai pas compris les mots...

JUDAS

Mais toi, Pierre, tu étais près de moi.

PIERRE *(pensif)*

Oui, j'ai entendu cette phrase.

JUDAS

Comment l'as-tu comprise?

PIERRE

J'ai cru que tu avais oublié quelque chose pour le repas, et qu'il t'envoyait le chercher.

JUDAS

Tu as donc cru que c'était un ordre? *(Pierre ne répond pas. Il réfléchit.)* Tu viens de le dire. Tu as dit : « J'ai cru qu'il t'envoyait chercher quelque chose. »

PIERRE

Oui, je l'ai cru.

JUDAS

Je n'avais rien oublié pour la Pâque. Il m'envoyait faire ce que j'ai fait.

LE CENTURION

S'il a reçu l'ordre, il est innocent.

JEAN

Ah non! Ce serait trop facile!... Même s'il a cru que c'était un ordre, et même si c'était un ordre, il avait le droit de désobéir... Jésus nous l'a dit cent fois et mille fois : tout homme est libre de choisir son destin...

PIERRE

Oui, le plus humble des mendiants peut toujours dire oui ou non : c'est par sa seule volonté qu'il peut perdre ou sauver son âme.

JUDAS

Il ne s'agissait pas de mon âme, mais du salut de millions d'hommes – ceux qui sont nés et ceux qui naissent aujourd'hui, ceux qui naîtront dans l'avenir! Tu crois que j'avais la permission de choisir pour eux? Ainsi, pendant la nuit terrible de la Pâque, l'Eternel s'était endormi, et l'avenir du monde était entre mes mains? Tu crois que j'ai choisi l'heure du sacrifice, et le jour de la Rédemption? Alors, je serais un autre Messie?

JEAN

Voilà! Enfin, il se dévoile!

ANDRÉ

C'est ton orgueil qui t'a perdu!

PIERRE

Tu voulais jouer le grand rôle, et tu t'es cru l'élu de l'Eternel!

JUDAS

Je le suis, Pierre, et je vais en mourir... Si j'avais su... Je n'avais pas compris, et vous non plus... Comme moi, vous pensiez que le Fils de David était venu pour régner sur la terre, car j'étais sûr qu'à l'instant du sacrilège, le ciel allait s'ouvrir en deux, et que le Père allait descendre dans sa gloire pour installer son Fils sur le trône du monde... Mais il avait choisi le supplice et la torture, et le rachat des âmes au prix de son sang... *(Il montre le centurion.)* Celui-ci l'a compris le premier... Et moi, je l'ai compris trop tard... Si j'avais su!... J'aurais renié les prophètes, j'aurais refusé la mission, et dans le grenier de mon père, j'aurais caché la lumière du monde... Mais je ne savais pas, et j'ai servi comme un aveugle la cruauté de l'Eternel...

JEAN

Ça ne fait qu'un blasphème de plus...

JUDAS

Jean, je ne suis qu'un homme de la terre, et mon cœur d'homme est brisé pour toujours!... J'ai vu Dieu de trop près, c'est lui qui l'a voulu... Il a vécu parmi nous comme un homme, et moi, cet homme, je l'aimais. J'aimais ses yeux, sa voix, ses longues mains fines... J'aimais son sourire sur ses dents brillantes, ses tendres colères qui nous faisaient peur, ses longs pas sur les pierres bleues, et cette façon de lancer un mot, sans s'arrêter, par-dessus l'épaule... Il avait un petit point rouge à la nuque, juste au bord des cheveux... Chaque jour, pendant trois années, j'ai préparé pour lui le meilleur poisson, et j'ai choisi les fruits les plus mûrs pour les mettre devant sa place... Mais il les prenait, il vous les offrait, vous les dévoriez comme des gloutons... Mon grand souci, c'était qu'il ne mangeait pas assez... Je voyais avec désespoir le cerne de ses yeux s'élargir sur ses joues. Et chaque soir je préparais son oreiller. Je mettais dans le petit sac de toile de la mousse, du thym que j'effeuillais entre mes doigts et la fleur de la sauge qui donne de beaux rêves... Dans le désert de Galilée, quand le froid aiguisait les étoiles, j'attendais qu'il fût assoupi. Alors, je me levais de mon lit de cailloux, et tout doucement, le cœur plein de joie, j'étendais mon manteau sur lui : c'était mon repos de le voir dormir, il était pâle avec le souffle d'un enfant. Parfois, il souriait dans sa petite barbe brillante. Et je pensais : « Il est le Messie : quel dommage! » Si j'avais su le destin de ce corps fragile, je l'aurais encore mieux aimé...

LE CENTURION

Frère, ne pleure pas : il va ressusciter!

JUDAS

Non, Marcius, non : c'est le Messie qui reviendra, mais ce ne sera plus Jésus le charpentier. Il ne croquera plus les graines de pastèques, je ne pétrirai plus son pain, je ne laverai plus ses pieds de vagabond... En perdant mon ami, j'ai tout perdu sur cette terre et puisque ma tâche est finie, il ne me reste qu'à mourir...

LE CENTURION

Il faut l'attendre, pour prendre les ordres, et aussi pour avoir la preuve décisive...

JUDAS

Non, je n'ai pas besoin d'un miracle de plus.

JEAN

Tu as peur de sa résurrection! Car tu sais ce qu'il va te dire!

PIERRE

Et nous le savons, nous aussi!

NATHANAEL

Il l'a condamné devant nous.

JUDAS

Quand?

JEAN

Le soir de la Pâque, après ton départ!

JUDAS

Il m'a condamné? Qu'a-t-il dit?

JEAN

« Mieux vaudrait pour lui n'être jamais né! »

JUDAS

Il l'a dit?

NATHANAEL

Il avait des larmes dans les yeux.

JUDAS *(il crie)*

Mieux vaudrait pour moi n'être jamais né! C'est ma plainte depuis le calvaire! C'est la parole que l'on dit devant un aveugle, un paralytique, la parole de la pitié devant le malheur innocent! Et tu oses dire qu'il m'a condamné? Il le savait, que j'étais marqué entre tous les hommes, et que Dieu me sacrifiait... Merci, mon Maître, mon divin Sauveur...

PIERRE

Pourtant, il ne t'a pas nommé dans son Eglise...

JEAN

Il l'a fondée après ta fuite, en nous partageant sa chair et son sang...

NATHANAEL

Et il a dit qu'il faudrait te remplacer...

JUDAS

Parce qu'il savait que ma vie terrestre était finie, et c'est la preuve qu'il m'attend au ciel! *(Il va vers le fond de la scène, monte au sommet de la petite pente, et invoque le ciel.)* Eternel, mon Dieu, je t'ai fait tous les jours ma prière, j'ai célébré la Pâque chaque année, j'ai respecté la Loi comme un bon Juif. J'ai eu la joie de rencontrer ton Fils, et j'ai reconnu qu'il était ton Fils, et il m'a choisi pour son apôtre. Sur son ordre, j'ai tout quitté, je me suis dévoué corps et âme et me voici maintenant devant toi, écrasé par la tragédie. Dieu tout-puissant, notre Père qui êtes aux cieux, je n'en puis plus... Et maintenant, que faut-il que je fasse? Je ne puis plus être un apôtre : ceux-là me repoussent, et je les comprends : qui accepterait le sel du baptême offert par la main de Judas? Je ne puis plus être un potier : qui voudrait garder son huile dans une jarre pétrie par Judas? Je ne puis plus piocher la vigne de mon père : qui voudrait boire le vin de Judas? Je ne puis plus fonder une famille : qui voudrait être le fils de Judas? Mon souvenir sera maudit dans les siècles des siècles, les meilleurs me refuseront une prière, plus jamais un petit enfant ne sera baptisé de mon nom. Seigneur, Seigneur, pourquoi m'as-tu choisi? Pourtant, cette amertume, je l'accepte. Tu m'as chargé d'incarner la laideur des hommes, que Ta Volonté soit faite, et si je puis encore servir mon Maître, en avouant le crime des crimes, je l'avoue. Oui, Judas a livré Jésus-Christ, pour le prix de trente deniers. Mais alors considère que ma tâche est finie : je suis l'outil brisé qui ne peut plus servir. Permets-moi de quitter cette face de traître, ces mains qui ont touché le prix du sang, et de laisser pourrir ce corps de criminel... L'heure est venue de remonter vers tes demeures, pour y retrouver enfin ta Justice. Et toi, Jésus, mon Maître bien-aimé, pardonne à mon impatience... Je ne peux plus attendre, et tout est consommé : il faut que j'aille à ta rencontre...

JEAN

Tu oseras te présenter devant la face de Jésus?

JUDAS

J'ai plus peur de vous que de lui! *(Il fait un pas vers le tombeau.)* Seigneur, tu es venu sur terre pour racheter tous les péchés des hommes ; tu es venu pour sauver les Juifs, les Gentils, les voleurs, les meurtriers, les parricides : et seul parmi des millions d'hommes, je n'aurais pas droit à la rédemption? Non, moi, Judas, ton serviteur, celui qui te faisait la soupe entre deux pierres du désert, tu n'es pas venu pour me perdre. *(Il remonte vers la crête.)* Et vous aussi, mes frères, vous mourrez sur la croix. Mais vous mourrez dans la Lumière et dans la Gloire. Moi, je n'ai pas eu la meilleure part. Que la volonté de Dieu soit faite. Adieu.

Il descend de la crête et disparaît. Au loin chantent les chœurs du Temple.

LE CENTURION *(il pose ses deux mains sur le tombeau du Christ, et prie soudain d'une voix puissante qui s'adoucit peu à peu)*

Notre Père qui êtes aux cieux, c'est moi Marcius le centurion, qui ai poussé la lance dans son flanc pour abréger son agonie, et le sang divin de la victime a sanctifié la main du bourreau. Seigneur, sur cette main criminelle et pardonnée, voici trois gouttes du sang de Votre Fils, du sang qu'il a donné pour les péchés des hommes. C'est le trésor que je vous offre pour le rachat de l'âme de notre frère Judas. Pardonnez-lui son orgueil, ayez pitié de son désespoir, et recevez dans votre miséricorde celui qui a peut-être mal compris la consigne, mais qui a cru vous obéir.

PIERRE

Amen.

Rideau

TABLE

[illegible]

[illegible] 1926 [illegible]

[illegible]

[illegible] Paris, 1926.

[illegible] la création de l'Agence (Varon[illegible]

VIE DE MARCEL PAGNOL

Marcel Pagnol est né le 28 février 1895 à Aubagne.

Son père, Joseph, né en 1869, était instituteur, et sa mère, Augustine Lansot, née en 1873, couturière.

Ils se marièrent en 1889.

1898 : naissance du Petit Paul, son frère.

1902 : naissance de Germaine, sa sœur.

C'est en 1903 que Marcel passe ses premières vacances à La Treille, non loin d'Aubagne.

1904 : son père est nommé à Marseille, où la famille s'installe.

1909 : naissance de René, le « petit frère ».

1910 : décès d'Augustine.

Marcel fera toutes ses études secondaires à Marseille, au lycée Thiers. Il les terminera par une licence ès lettres (anglais) à l'Université d'Aix-en-Provence.

Avec quelques condisciples il a fondé *Fortunio*, revue littéraire qui deviendra *Les Cahiers du Sud*.

En 1915 il est nommé professeur adjoint à Tarascon.

Après avoir enseigné dans divers établissements scolaires à Pamiers puis Aix, il sera professeur adjoint et répétiteur d'externat à Marseille, de 1920 à 1922.

En 1923 il est nommé à Paris au lycée Condorcet.

Il écrit des pièces de théâtre : *Les Marchands de gloire* (avec Paul Nivoix), puis *Jazz* qui sera son premier succès (Monte-Carlo, puis Théâtre des Arts, Paris, 1926).

Mais c'est en 1928 avec la création de *Topaze* (Variétés)

qu'il devient célèbre en quelques semaines et commence véritablement sa carrière d'auteur dramatique.

Presque aussitôt ce sera *Marius* (Théâtre de Paris, 1929), autre gros succès pour lequel il a fait, pour la première fois, appel à Raimu qui sera l'inoubliable César de la Trilogie.

Raimu restera jusqu'à sa mort (1946) son ami et comédien préféré.

1931 : Sir Alexander Korda tourne *Marius* en collaboration avec Marcel Pagnol. Pour Marcel Pagnol, ce premier film coïncide avec le début du cinéma parlant et celui de sa longue carrière cinématographique, qui se terminera en 1954 avec *Les Lettres de mon moulin*.

Il aura signé 21 films entre 1931 et 1954.

En 1945 il épouse Jacqueline Bouvier à qui il confiera plusieurs rôles et notamment celui de Manon des Sources (1952).

En 1946 il est élu à l'Académie française. La même année, naissance de son fils Frédéric.

En 1955 *Judas* est créé au Théâtre de Paris.

En 1956 *Fabien* aux Bouffes Parisiens.

En 1957 publication des deux premiers tomes des *Souvenirs d'enfance* : *La Gloire de mon père* et *Le Château de ma mère*.

En 1960 : troisième volume des *Souvenirs* : *Le Temps des secrets*.

En 1963 : *L'Eau des collines* composé de *Jean de Florette* et *Manon des Sources*.

Enfin en 1964 *Le Masque de fer*.

Le 18 avril 1974 Marcel Pagnol meurt à Paris.

En 1977, publication posthume du quatrième tome des *Souvenirs d'enfance* : *Le Temps des amours*.

BIBLIOGRAPHIE

1926. *Les Marchands de gloire.* En collaboration avec Paul Nivoix, Paris, L'Illustration.
1927. *Jazz.* Pièce en 4 actes, Paris, L'Illustration. Fasquelle, 1954.
1931. *Topaze.* Pièce en 4 actes, Paris, Fasquelle.
Marius. Pièce en 4 actes et 6 tableaux, Paris, Fasquelle.
1932. *Fanny.* Pièce en 3 actes et 4 tableaux, Paris, Fasquelle.
Pirouettes. Paris, Fasquelle (Bibliothèque Charpentier).
1933. *Jofroi.* Film de Marcel Pagnol d'après *Jofroi de la Maussan* de Jean Giono.
1935. *Merlusse.* Texte original préparé pour l'écran, Petite Illustration, Paris. Fasquelle, 1936.
1936. *Cigalon.* Paris, Fasquelle (précédé de *Merlusse*).
1937. *César.* Comédie en deux parties et dix tableaux, Paris, Fasquelle.
Regain. Film de Marcel Pagnol d'après le roman de Jean Giono (Collection « Les films qu'on peut lire »). Paris-Marseille, Marcel Pagnol.
1938. *La Femme du boulanger.* Film de Marcel Pagnol d'après un conte de Jean Giono, « Jean le bleu ». Paris-Marseille, Marcel Pagnol. Fasquelle, 1959.
Le Schpountz. Collection « Les films qu'on peut

lire », Paris-Marseille, Marcel Pagnol. Fasquelle, 1959.

1941. *La Fille du puisatier.* Film, Paris, Fasquelle.

1946. *Le Premier Amour.* Paris, Editions de la Renaissance. Illustrations de Pierre Lafaux.

1947. *Notes sur le rire.* Paris, Nagel.
Discours de réception à l'Académie française, le 27 mars 1947. Paris, Fasquelle.

1948. *La Belle Meunière.* Scénario et dialogues sur des mélodies de Franz Schubert (Collection « Les maîtres du cinéma »), Paris, Editions Self.

1949. *Critique des critiques.* Paris, Nagel.

1953. *Angèle.* Paris, Fasquelle.
Manon des Sources. Production de Monte-Carlo.

1954. *Trois lettres de mon moulin.* Adaptation et dialogues du film d'après l'œuvre d'Alphonse Daudet, Paris, Flammarion.

1955. *Judas.* Pièce en 5 actes, Monte-Carlo, Pastorelly.

1956. *Fabien.* Comédie en 4 actes, Paris, Théâtre 2, avenue Matignon.

1957. *Souvenirs d'enfance.* Tome I : *La Gloire de mon père.* Tome II : *Le Château de ma mère.* Monte-Carlo, Pastorelly.

1959. *Discours de réception de Marcel Achard à l'Académie française et réponse de Marcel Pagnol,* 3 décembre 1959, Paris, Firmin Didot.

1960. *Souvenirs d'enfance.* Tome III : *Le Temps des secrets.* Monte-Carlo, Pastorelly.

1963. *L'Eau des collines.* Tome I : *Jean de Florette.*
Tome II : *Manon des Sources,* Paris, Editions de Provence.

1964. *Le Masque de fer.* Paris, Editions de Provence.

1970. *La Prière aux étoiles, Catulle, Cinématurgie de Paris, Jofroi, Naïs.* Paris, Œuvres complètes, Club de l'Honnête Homme.

1973. *Le Secret du Masque de fer.* Paris, Editions de Provence.

1977. *Le Rosier de Madame Husson, Les Secrets de Dieu.*

Paris, Œuvres complètes, Club de l'Honnête Homme.

1977. *Le Temps des amours*, souvenirs d'enfance, Paris, Julliard.

1981. *Confidences*. Paris, Julliard.

1984. *La Petite Fille aux yeux sombres*. Paris, Julliard.

Les œuvres de Marcel Pagnol sont publiées dans la collection de poche « Fortunio » aux éditions de Fallois.

Traductions

1947. William Shakespeare, *Hamlet*. Traduction et préface de Marcel Pagnol, Paris, Nagel.

1958. Virgile, *Les Bucoliques*. Traduction en vers et notes de Marcel Pagnol, Paris, Grasset.

1970. William Shakespeare, *Le Songe d'une nuit d'été*. Paris, Œuvres complètes, Club de l'Honnête Homme.

FILMOGRAPHIE

1931 – MARIUS (réalisation A. Korda-Pagnol).
1932 – TOPAZE (réalisation Louis Gasnier).
FANNY (réalisation Marc Allégret, supervisé par Marcel Pagnol).
1933 – JOFROI (d'après *Jofroi de la Maussan :* J. Giono).
1934 – ANGÈLE (d'après *Un de Baumugnes :* J. Giono).
1934 – L'ARTICLE 330 (d'après Courteline).
1935 – MERLUSSE.
CIGALON.
1936 – TOPAZE (deuxième version).
CÉSAR.
1937 – REGAIN (d'après J. Giono).
1937-1938 – LE SCHPOUNTZ.
1938 – LA FEMME DU BOULANGER (d'après J. Giono).
1940 – LA FILLE DU PUISATIER.
1941 – LA PRIÈRE AUX ÉTOILES (inachevé).
1945 – NAÏS (adaptation et dialogues d'après E. Zola, réalisation de Raymond Leboursier, supervisé par Marcel Pagnol).
1948 – LA BELLE MEUNIÈRE (couleur Roux Color).
1950 – LE ROSIER DE MADAME HUSSON (adaptation et dialogues d'après Guy de Maupassant, réalisation Jean Boyer).
1950 – TOPAZE (troisième version).
1952 – MANON DES SOURCES.

1953 – CARNAVAL (adaptation et dialogues d'après E. Mazaud, réalisation : Henri Verneuil).
1953-1954 – LES LETTRES DE MON MOULIN (d'après A. Daudet).
1967 – LE CURÉ DE CUCUGNAN (moyen métrage d'après A. Daudet).

IMPRIMÉ EN FRANCE PAR BRODARD ET TAUPIN
Usine de La Flèche (Sarthe), le 10-03-1995.
1868 L-5 - N° d'Éditeur 118, dépôt légal : octobre 1991.

ÉDITIONS DE FALLOIS - 22, rue La Boétie - 75008 Paris
Tél. 42.66.91.95